集英社オレンジ文庫

宝石商リチャード氏の謎鑑定

エメラルドは踊る

辻村七子

本書は書き下ろしです。

CONTENTS

イラスト／雪広うたこ

宝石商リチャード氏の謎鑑定

エメラルドは踊る

CHARACTER

中《なか》田《た》正《せい》義《ぎ》

公務員志望の堅実な大学生。リチャードの下でアルバイトをすることに。名の通り、まっすぐだが妙なところで迂闊な〝正義の味方〟。

リチャード・ラナシンハ・ドヴルピアン

日本人以上に流麗な日本語を操るスリランカ系英国人の敏腕宝石商。年齢不詳、誰もが啞然とするレベルの性別を超えた絶世の美人。

case. 1
キャッツアイの慧眼

牛乳の管理は時間との戦いだ。

期限切れで放置などしようものなら、冷蔵庫の一角におぞましい白の地獄が出現する。今のような初夏の頃ならなおさら、衛生管理は死活問題だ。

俺のバイト先である銀座《ぎんざ》の宝石店、『ジュエリー・エトランジェ』は、もとは喫茶店だったテナントに入っている。冷蔵庫は大きくて便利だが、中身の管理は人間の仕事である。週に二日、土曜と日曜にしか営業していないが、店主の趣味で、一リットルの牛乳パックを週一本ゆうに消費する。来客予定が多ければもっと使う。なので。

「二本買ってきていい日じゃなかったのかよ」

「本日のご来店予定だった里村《さとむら》さまご一家から、先ほどキャンセルのお電話がありました。再来週お越しになるそうです」

「十分前にメールしてくれれば間に合ったのに……」

「電話があったのは五分前です」

赤い一人用ソファに腰掛けた店主は、窘《たしな》めるように俺を見た。もう見慣れて久しいとはいえ、何度見ても呆《あき》れるほどに美しい青い瞳。陶磁器のように白い肌。ゆるいウェーブの金色の髪。時刻は午前十時三十分。窓辺には淡い光が差している。

リチャード・ラナシンハ・ドヴルピアンという早口言葉ネームを、噛《か》まずに言えるようになったのは最近のことだ。銀座七丁目のビル二階で商《あきな》いをしているこの男は、自称イギリス国籍の宝石商である。以前は香港《ホンコン》に店を構えていたとかで、インターナショナルなお客さまがよくお見えになる。俺の唯一の上司で、ちなみにアルバイトも俺一人だ。業務内容は、お茶くみ、掃除と、茶菓子の買い出し。牛乳は土曜日、店に来る前に俺がスーパーで買ってくるのが決まりである。本数は金曜の夜にメールで指定される。

「絶対余るぞ。どうしたもんかな……」

「いつものように領収書はあるのでしょう。全額支給しますよ」

「いや、そういう問題じゃないだろ」

リチャードがどこに住んでいるのか、そもそも日本に住んでいるのか、俺は知らない。新宿《しんじゅく》にマンションでもあるのか、大宮《おおみや》から通いなのか、日曜の閉店後にそのまま空港に向かってアメリカだかどこだかまで商売に行って、次の金曜の夜あたりにまた日本に戻ってくるというサイクルなのか。何にしても牛乳は持って帰らないだろう。まだ飲めるものを捨てるのは、ちょっと俺のポリシーに反する。

「あのさ、つかぬことをお伺いしたいんだけど、今日のロイヤルミルクティー、ちょっとだけ牛乳の配分を大目に」

「ノー。指定したバランスを崩してはいけません。断固拒否します」

「言うと思ったよ」

リチャード氏は温和で知的で、物わかりのいい紳士であるが、ロイヤルミルクティーに関しては過激派である。茶葉は持参のオレンジ色の缶のものを使うこと。一人あたりの茶葉はティースプーン一杯分。牛乳は一杯あたり彼が持ってきたほうろうのカップ一杯分で、使っていいのは成分無調整の品のみ。砂糖はスプーン一杯と少し。手抜きをするとすぐバレるのは研修期間中に学んだ。偏食家の子ども並みのこだわりである。とはいえこのこだわりの根っこは、彼が折々発揮する宝石やお客さまへの観察眼と繋がっていそうな気がするので、俺はそんなに嫌いではない。

成分無調整の牛乳パックを、厨房《ちゅうぼう》の冷蔵庫に収納したあと、俺は再びリチャードに声をかけた。店主はまだソファで英語の新聞を読んでいる。

「お前がジャガーを停めてる駐車場の近くに、よく猫がいるだろ。黒いやつ。名前は知らないけど、時々茶碗で何か食べてるのを見るから半野良《のら》の家猫かな？　あいつにちょっと牛乳のおすそ分けを」

「感心しません。猫に与えるミルクは動物専用の製品であるべきです。何より所有者のわからない動物にエサをやるのはトラブルのもとですよ」

「大変申し訳ありませんでしたー」

「わかればよろしい」

言われると思った。あの黒猫は、多分駐車場を経営している家の人が可愛《かわい》がっているのだと思うのだが、ものすごく人懐こいので、帰りがけ見かけると少し撫《な》でさせてもらったりする。犬も猫も好きだけれど、実家のアパートはペット禁止だったから、世話をしたことはない。独り暮らししている部屋も、当然のように生き物は駄目だ。

「……つかぬことその二をお伺いするけど、お前牛乳寒天《かんてん》とか好き？」

「あなたの敬語は時々不可解です。牛乳、何ですって？」

「寒天だよ、かためのゼリー。砂糖いれて煮たてて固めるだけ。そこの高級スーパーで寒天を買ってくれれば、厨房に器はあるし、明日にはできると思う」

「ヒンドゥイズムに帰依《きえ》していたのですか？　聖なる牛の乳を無駄にできないと？」

「まさかの展開すぎるだろ。食べられるものを捨てたくないだけだよ。持って帰るのは、店の備品の持ち出しみたいでしっくりこないし」

「……私からもつかぬことをお伺いしますが、一般的な日本の男子学生は、余り物から簡単に甘いものを作れるほど、調理に熟達しているものですか？」

「火にかけて冷やすだけなのに、熟達も何もないだろ。子どもだってできるよ」

俺がそう言うと、リチャードはうんともすんとも言わず目を逸《そ》らし、絨毯《じゅうたん》の上を所在なく見つめた。いやに荒《すさ》んだ眼差《まなざ》しだ。料理に嫌な思い出でもあるのだろうか。

「……あ、日本文化の話なのか？　どうだろうなあ。俺のは単なる節約術で、小さい頃から作って食べてたから覚えてるってだけで……母親も喜ぶし……ごめん話がずれたな。多数派じゃないと思う。何でだ？」

「……プリンのほうが好きです」

「え？」

「何でもありません」

それっきり、リチャードは何も言わずにそっぽを向いてしまった。こいつは時々よくわからないことを言う。日本語ネイティブではないというけれど、目を閉じて聞いている限りは日本人としか思えない発音で喋《しゃべ》るし、難解な言葉もかなり知っている。だからこの手のコミュニケーションの齟齬《そご》があるとは思いにくいのだけれど、まあいい。細かいことは気にしない。

もちろん俺だって質問したことはある。家族はいるのか？　何歳なのか？　何でそんなに日本語がうまいのか？　どうして宝石商をしているのか？

答えは一律、「いちいち答えていたら日が暮れる」だった。

腹が立たなかったかわりに、俺はとびぬけて美しい顔のもつ奇妙なパワーを感じた。相手が同じ人間であることはわかっているし、ただの一風変わった甘いものが好きな外国人の兄さんだと思うのだが、それは承知の上なのだが、最後のところで同じ次元にいると思えない。触れたら手が通り抜けてしまいそうな気がする。現実感が希薄といえばいいのか。あんまり美しいとそういうこともあるものかなあと、一人で納得するような体験だった。

　でもリチャードはいいやつだ。人のことを貶《おとし》めたり陰で笑ったり、意味もなく嫌ったりしない。邪見にされても腹が立たない一番の理由はそれだ。そして人にはそれぞれ事情があると、俺は死んだばあちゃんから教わった。

　誰にだって、言わないんじゃなく言えないことがあるだろう、ねえ正義《せいぎ》、と。

　中田《なかた》正義。マサヨシではなくセイギ。正しいことをせよという願いの剛速球のような名前だけれど、それが誰の願いだったのかを知ったのはごくごく最近のことだ。この宝石商にも随分《ずいぶん》お世話になった。恩人のような存在でもある。

　別にいきなり手札を全オープンにする付き合いばかりが信頼関係じゃない。親しくなるにもいろいろな方法があると、リチャードの店で働き始めてから思うようになった。

　二人分のロイヤルミルクティーが、鍋の中でいい塩梅《あんばい》になってきた頃合いに、店の玄関チャイムが鳴った。電子ロックになっているので、内側からロックを解除しない限り、扉は開かない。俺は厨房から身を乗り出して、はーいと返事をした。

「今出まーす」

「あなたの自宅ではないのですよ」

鍋を見ていなさいと言って、リチャードはソファから立ち上がった。粋なストライプのワイシャツが俺の視界から消える。扉が開いた時、いらっしゃいませ、といういつもの声がしなかったことが不思議だった。

「こんにちは。ここは宝石屋さんですか？」

かわりに、幼い声が一つ。

「ここは、宝石屋さんですか？」

声は畳《たた》みかけた。俺はガスを止めて——点火した状態のロイヤルミルクティーから目を離してはならない。噴きこぼれた細かい泡で台所が一大事になるし、店主の怒りも静かに沸騰《ふっとう》する。こっちのほうがやばい——応接間に出て行った。

リチャードが正対しているのは、子どもだった。

俺より明らかに頭二つ分は小さい体。肩掛けの革鞄には、猫の顔の形をした反射板のキーホルダーがついている。短パンに白いソックス。くりっとした大きな瞳に、ちょっと太めの眉、柔らかそうな髪の毛。私立小学校の生徒みたいな格好の男の子だ。賢そうな顔立ちをしている。子役のタレントさんか何かだろうか。いやそういうことじゃなくて。

俺はしゃがんで背丈を合わせ、顔に笑顔を貼りつけた。

「いらっしゃい。ねえ君どこから来たの？　お母さんか、お父さんは？」

「ぼくの言葉が、わからないんですか？　ぼくは宝石屋さんに用があって来たんです」

「……一人で？」

はいと子どもは頷《うなず》いた。滑舌《かつぜつ》のはっきりした子だった。俺がちらりと視線を投げると、リチャードは小さく首を横に振った。会ったことはないらしい。店がオープンしたのは今年の四月で、今のところ俺は無欠勤で店に顔を出している。子連れでやってくるお客さまも何組かいるが、この子は初めて見る顔だ。

リチャードはしばらく何か思い悩むような顔をしていたが、意を決したのか子どもに礼儀正しく一礼した。

「こんにちは。私はこのお店の店長、リチャードと申します。こちらはお手伝いさんの正義です。よろしければあなたのお名前を教えていただけませんか」

白皙《はくせき》の美貌《びぼう》の持ち主に、子どもは少し、呑まれたようだったが、ぷいっと顔を背けた。

「……服屋さんで買い物をする時は、店員さんにいちいち、名前なんか教えません」

そこそこ正論ではあるが、怪しい。わけありなんだろうか。

どうするんだよと俺が顔をしかめると、リチャードは涼しい顔をしてソファをすすめた。

ありがとうございますとハキハキお礼を言った子どもは、赤いソファに腰掛けた。足が浮かぶ。

「正義、何か飲み物を。何がよろしいでしょう？」

「お茶はだめです。苦いのは飲めません。ジュースもだめですよ。歯に悪いから」

じゃあ牛乳はと俺が尋ねると、子どもは小刻みに頷いた。ＯＫらしい。ホットミルク一丁。砂糖はダメですけど甘くしてくださいとのたまう。一休《いっきゅう》さんか。蜂蜜《はちみつ》でもいれよう。

「さて、お客さまは宝石屋さんにどのようなご用でしょうか？」

「これと、同じ石をください」

厨房へ去ろうとしていた俺は、足を止めて子どものほうを覗《のぞ》きこんだ。短パンのポッケから袱紗《ふくさ》包みのようなものを取り出して、リチャードに差しだしている。布の中の石はけっこう大きいようだ。

リチャードの目が、音もなく細くなった。

「こちらはクリソベリル・キャッツアイでございますね」

「はい、キャッツアイです」

俺は目を見張った。本物の宝石を持ってきたのか。睡眠とゲームとドッジボールで一日が終わってしまいそうな年頃の子どもが。

本当に迷子ではないらしい。

もう少し近くで石を見たくて二人に近づくと、子どもが俺に気づいた。冷たい目で睨《にら》んでくる。

「ミルクはまだですか？　あなたはお手伝いさんなんでしょう？」

「お手伝いさんはお手伝いさんだけど、飲み物を用意するだけじゃないよ。掃除や片づけをしたり、買い出しに行ったりもする。まあ宝石のプロじゃないんだけどね」

「わかりました。あなたと話しても、特に意味はないんですね」

俺は何とか営業スマイルを浮かべた。何なんだこのおガキさまは。キャッツアイをポケットに突っ込んで来店する名乗れない子どもなんて、怪しさの塊みたいなものだ。俺は耐えかねて咳《せき》払いした。

「あのさリチャード、時計台の向かいに交番があるだろ、俺、あそこに行ってこようかな」

「何故《なぜ》です？」

「親御さんが捜してるかもしれないじゃないか！　きっと心配してるぞ。大切な息子がふらふらどこかへ消えたって大騒ぎしてるよ。大丈夫だぞ、すぐおうちに帰れるからな」

小さな子どもは、しばらく無感情に俺の顔を眺めたあと、くるりとリチャードのほうを見た。

「この人は、理解力にとぼしいんですか？　ぼくは宝石を買いに来たお客さんですよ。ぼくはあなたに御用はないので、ここにいなくて構いませんけど」

　こめかみのあたりにカチンときた。理解力に乏しいとは何だ。そんな国語の教科書にしか出てこないような言葉を操るんじゃない。ミニチュアのリチャードばりの毒舌だ。

　俺の表情に気づき、店主は少し含み笑いしたあと、アルバイトが失礼なことを申し上げましたとお子さまに詫《わ》びた。

「彼は単純に心配なのでしょう。ここへはお一人で？　どなたからのご紹介でしょう」

「紹介者は、えっと、ひみつです。でも大丈夫です！　お金はあります。ちゃんとぼくの『めいぎ』になっています。おとしだまをためてもらったものだけど……大切な時に使いなさいって言われてるから、大丈夫です。今がその時だと思います」

「通帳があるなら話が早いじゃないかよ。きっと身元が書いてあるぞ。ねえ、よければちょっとだけ通帳を俺に」

「お断りします。知らない人に大事なものをわたすなんて絶対にダメなことです。それにあなたのねこなで声は、防犯のＤＶＤに出てくる不審者そっくりですよ」

「正義、ミルクです。私にはお茶を」

　お前どっちの味方だよと、俺が口を引き結んでいると、お茶、とリチャードは繰り返した。ロイヤルミルクティー。いつものやつ。わかっている。お客さまがいる限り、俺の仕事はお茶とお菓子を用意しておくことだけだ。わかってはいるが。

「……不公平だぞ。こっちはちゃんと名乗ったのに。名前を隠すなんて、そっちのほうが悪役みたいじゃないかよ！　理解力に乏しいお手伝いさんの個人的見解だけど！」

「正義。子どもですかあなたは」

「だってお前」

「確かにそのとおりかもしれません」

声の主は、子どもだった。

大きな黒い瞳の持ち主は、じいっと俺のことを見上げていた。姿勢もよい。泰然《たいぜん》としている、というのは言いすぎだろうか。あんまり子どもらしくない。

「あなたの言うことにも、一理あります。えらそうにするお客さんは、お店の迷惑だってニュースでも言っていましたし。がんこなお手伝いさんほどじゃないと思いますけど。ぼくの名前は、はじめです。平仮名ではじめ。でも苗字は言いませんよ」

それで構いませんか、とはじめくんは言った。最近の小学生はみんなこうなのか。いやそんなはずはないと思うけれど。落としどころがうますぎる。

「……わかった。はじめくん、よろしくね」

「ダメです。あなたもぼくを『お客さま』って呼んでください。やりなおし」

前言撤回だ。やっぱり交番へ行こう。行くべきだろうこれは。俺がリチャードを説得にかかると、はじめくんさんは氷のような目をした。

「そんなに言うなら、構いませんよ。交番へついていっても。腕力ではあなたにかなわないでしょうし。でもぼくは、自分の足では行きませんからね。あと、いっぱい泣きます。あなたのこと悪い人だって言います。さらわれたって言いますよ。それでも本当に、交番に行くんですか？　みものですね。ぼくのほうはぜんっぜん、困りませんけど」

なんてこった。恐喝《きょうかつ》だ。犯罪者扱いするぞと言っている。

でも語尾がちょっと震えていた。

そういえば俺は身長が百七十五センチある。昔通っていた空手のおかげで、酔っ払い撃退装置くらいにはなるガタイだ。強面《こわもて》ではないと思うけれど、小さな子どもには怖い人かもしれない。瘦身《そうしん》のリチャードだって、言葉は堪能だが外国人だし。

俺がちらっと店主のほうを窺《うかが》うと、組んだ腕の陰から、リチャードは天井を指さした。この店には監視カメラがある。誘拐されてきたんじゃないことは映像が証明してくれるだろう。でも慌てて交番に行くこともない。俺は深々と頭を下げた。

「大変、申し訳、ございませんでした」

「……わかればいいんです。ぼくは聞きわけのいいお客さまですから」

「ははあ、ありがたき幸せ」

「時代劇みたいに言わなくていいです。わざとらしい。店長さん、石を見せてください。このお店は商品が全然ないんですね」

「ただいま準備して参ります。泥棒がやってきた時のことを考えて、奥まった場所に石を置いておりまして。正義、お客さまをもてなしてください」

リチャードは目で俺を窘めた。扱いを間違えるなよと言っている。心得た。はじめくんは『お客さま』なのだ。そうでなければただの子ども一人と大人二人になってしまう。そんなのは駄目だ。そんな状況は子どもには怖すぎる。

それに彼には、来店の目的があるようだし。

俺は小さく深呼吸した。あなたのおうちはどこですかと聞きだすのは、一通りの用件が済んでからでも、まあいいだろう。

リチャードが金庫のある奥の部屋に消えて、少し体をこわばらせたはじめくんに、俺はのんびり声をかけた。

「お客さまー、お菓子を一緒に選んでもらえませんか？　種類がいろいろあるもんで、お好みがわからないと困るんですよ」

「買収工作は、ムダです。ぼくは余計なことは言いません」

「そんなに難しい言葉をよく知ってるね……」

ともかくはじめくんはソファを立って、俺と一緒に厨房まで来てくれた。冷蔵庫の隣にある背の高い両開きの茶色い棚は、喫茶店だった時代は食器用の収納だったのだろうが、今や店主の選んだお菓子の楽園だ。箱入りのチョコレート。金の包装紙に包まれたクッキー。常温保存OKのふわっとした焼き菓子。密封されたフルーツゼリー。缶詰状のパッケージに入ったみつまめ、その他諸々。

「わあ……」

買収工作は、多少、功を奏しそうな気がする。

はじめくんは最初バウムクーヘンを選んだ。夏季限定のオレンジ風味。これと牛乳でいい？　と俺が確認すると、はじめくんは顎《あご》と眉間《みけん》をしわしわにして黙った。めちゃめちゃ悩んでいる。茶菓子棚が東京中の甘いものの集会場になっているのは、完全に店主の趣味だが、まさかこんな風に役立つとは。

「…………やっぱり、これにします」

結局選ばれたのは、ミルフィーユ状に重なったパイのチョコがけだった。かしこまりましたと俺が一礼すると、はじめくんはちょっと嬉《うれ》しそうな顔をした。あとは飲み物だ。

「ミルクに砂糖は入れちゃ駄目なんだっけ。蜂蜜でいい？」

「……ハニーミルクは、好きです」

「了解」

俺はマグカップに牛乳を注いで、電子レンジにかけた。白いマグがぐるぐる回る。

「いやあ、お客さま、助かりましたよ。今日は牛乳を買いすぎちゃって困ってたんです」

「お手伝いさんがうっかりしてると、事務所の仕事に響きますよ。注意してください」

「はい、そうします」

事務所？　はじめくんのおうちの人は、何かの仕事の事務所を開いているんだろうか。服も鞄もいいものだし、宝石が手元にあるのだから、暮らし向きが悪いようには見えない。法律事務所？　不動産事務所？

マグカップを見つめながら、はじめくんはぼそりと呟《つぶや》いた。

「……ミルクさえいてくれたら、こんなことには……」

「ミルク？」

聞かれていたとは思わなかったようで、はじめくんは顔をこわばらせた。何だろう。

「何でもないです」

「ミルクって、ペットの名前？」

「………本当に何でもないですから」

当たりみたいだ。ということは。

「ひょっとして猫？」

はじめくんはギョッとした。まずい。警戒されるのは駄目だ。

「ほら、鞄に猫の反射板がついてたから。好きなのかなって。それにさっきの石も『キャッツアイ』だったしね。英語で」

「『猫の目』って意味でしょう。くだらない。そのくらい小学生でも知ってます」

小さな王子さまはしゃあしゃあと言った。腹立たしいのも一周回ると悲しくなる。何だか申し訳なくなってきた。もっとこう、リチャードのような当意即妙の受け答えができればよいのだが。何かごめんねと、俺がくたびれた顔で謝ると、はじめくんは別に気にしなくていいですと言ってくれた。こんな年頃の子どもが、『気遣い』なんてスキルを持っていることに俺は驚いた。大人の都合にはさまれて、疲れてしまったりしないだろうか、と思っていると、ぼくは割合あたまのいい子なので仕方ないですという補足が入った。左様《さよう》でございましたか。大人の都合は持ち前の頭脳でスマートに切り抜けているのかもしれない。

「……お兄さんは猫が好きですか？」

「動物はみんな好きだよ。でも昔住んでた家がペット禁止で、飼わせてもらえなかった」

チンと音がして、加熱が終わった。俺はマグカップに蜂蜜をだらだら垂らしてマドラーで混ぜた。熱すぎないか確かめてからはじめくんに渡すと、小さな頭がひょこりとお辞儀をした。少しは打ち解けてくれたのだろうか。

俺たちが応接間に戻っても、リチャードはまだ奥の部屋の中だった。扉に耳をつけてみると話し声がする。珍しい、長電話中だ。言語の種類まではわからない。

「宝石の準備には、もうちょっとかかりそうだな。俺もお菓子を食べちゃおうかなあ」

「お兄さんは、仕事中だから、食べないほうがいいと思いますよ」

「……はい、そうさせていただきます」

俺が深々と一礼すると、はじめくんはくくくっと笑った。初めて聞く可愛らしい声だ。

「お兄さんは、悪い人じゃないのに、ふざけたことを言うから、ふまじめだって勘違いされやすいんじゃありませんか。もったいないですね。このハニーミルク、おいしいです」

「ほんとに？　お兄さん褒められると喜んじゃうよ？」

「またふざけたことを言ってます。注意したほうがいいです」

「……気をつけます」

俺がうなだれると、はじめくんはまた笑った。ふまじめな従業員は注意したくなるようだが、ふまじめなお兄さんと遊ぶのは嫌いじゃないらしい。隣に座っても怒られなかった。彼の手の中にあると随分大きく見えるマグカップから、ハニーミルクを一口飲んで、はじめくんはテーブルの上を見た。

出しっぱなしのキャッツアイ。まあるく磨かれているので、何だかつやつやのどんぐりのようだ。俺の親指の爪くらいはある。中央にシュッと一本白い筋が入っているから、俺みたいな素人《しろうと》でも、すぐにそれとわかる石だ。

店主が別件に打ち込んでいる間、アルバイトもアルバイトなりに頑張ってみようか。

「あのさ、話したくないならいいんだけど、ここに来たことと、さっき言ってた猫のことと、何か関係があるの？」

「…………」

俺は待った。大学の友人である谷本《たにもと》さんは言っていた。大人が思うよりずっと、子どもたちは冷静で、頭がよくて、観察眼が鋭いのだと。大人が聞く耳を持っていそうだと判断したら、悩みを打ち明けてくれるし、こいつは信用ならないと思ったら口を閉ざす。当時を思い出してみると、私たちもそうだったよねえと彼女は笑った。だったら大人の俺にできるのは、ちゃんと話を聞くよと伝えることだろう。リチャードの得意技だ。

はじめくんはマグカップの中の白い水面を眺めながら、少し表情を険しくし、呟いた。

「話さないと、交番につれていきますか」

「そんなことしないよ」

「じゃあ、どうして……？」

「でも大切なお客さまが困ってる時には、俺も力になりたいんだよ。お手伝いさんだってこの店で働いてることには変わりないわけだし。それだけ」

「…………そうですか」

お皿の上のチョコがけのパイを三つ全部片づけてしまうと、はじめくんは少しずつ話し始めた。不思議な白猫、ミルクの話を。

ミルクはもともと野良猫だったという。はじめくんの家の近所を根城にしていて、年齢不詳、ボス猫然とした貫禄のあるつわもの。彼が幼稚園から小学校にあがるころには、だいたい彼の家の猫のような扱いになっていたという。柔らかな毛並み。とろりとした蜂蜜のような金色の瞳。しなやかな身のこなし。

そして何より、不思議な力を持っている。

「小学一年の頃、うちの車の調子が悪くなって、修理に出したことがあったんです。工場から戻ってきたあと、みんなでドライブに行こうとしたら、ミルクが車の屋根に乗って、唸《うな》って、全然下りてくれなくて、ドライブは中止になりました、そのあとお店の人が慌てて家に来て、ぺこぺこし始めたんです。お店で車の取り違えがあって、ブレーキのトラブルが直ってなかったって。『ミルクが助けてくれたのね』ってお母さんが言ってました。その前にも、ミルクがお父さんの腕をやたらと噛んだことがあって、病院に行ったら、悪い病気になる前のところだったんです。お薬で治りましたけど、お父さんはすごくミルクに感謝してました」

俺は話に聞き入っていた。テレビの動物特番のような話だ。かしこい動物が、人助けをしたり、災害を予知したりする。人間より野生に近い分、彼らには不思議な力があるのかもしれない。はじめくんは小さな瞳をきらきらさせていた。

「ミルクはすごいんです。悪いことがあると見抜いちゃうんだ。ミルクには癖があって、ぼくや、ぼくの家族が出かける前に、じいっと見つめてくれるんです。お母さんは『ミルクのおまもり』って言ってました」

猫のミルクとは、はじめくん一家特化型の、ありがたい守り神のような存在らしい。それがあのキャッツアイと、何か関係があるのと、俺はおずおずと質問した。はじめくんは一瞬、つらそうな表情をしてから、厳しい顔で語り始めた。

「あの石は、お母さんとお父さんが相談して買ったって言ってました。いつかはぼくのものになるって……ミルクのかわりになるって」

かわり？　そういえば厨房で、はじめくんは『ミルクさえいてくれたら』と言っていた。

「ミルクは今、どうしてるの？」

「…………………」

はじめくんの表情が一気に沈んだ。ハニーミルクをもう一口飲んで、はじめくんは吐きだすように話を始めた。

「……今、ミルクは、いないんです。お父さんが………」

「お父さんが？」

はじめくんは言葉を濁し、答えてくれなかった。

彼が次に語り始めたのは、猫のことではなく、何故かお父さんのことだった。彼はどこかの事務所で専門職をしているらしく、とても忙しくて、最近は帰りが深夜になることも珍しくないらしい。じゃあミルクはどこかに預けたのかな？　と俺が尋ねると、はじめくんは無言で首を横に振った。表情が暗い。お父さんがミルクをどこへ何のために連れていったのかは話してもらえないらしい。

「ミルクがいないと、はじめくんは心配だね。お母さんは何て言ってるの？」

「お母さんは……病院です。赤ちゃんが生まれるから」

なんと。はじめくんは近いうちにお兄さんになるらしい。大変な時期だ。そんな時に息子が無許可で大遠征を繰り広げていると知ったら、ご両親はさぞ心配するだろう。眉をひそめる俺に、はじめくんは咎《とが》めるような目をした。

「なんですか？」

「い、いや別に。大変だなあと思ってさ」

「ほんとに、大変ですよ。今は、一番『お守り』が必要な時なのに。ミルクがいなくなっちゃうなんて……」

はじめくんのお母さんは、ミルクがいなくなってすぐ入院することになったそうだ。はじめくんにしてみれば、守り神がいなくなったからお母さんが体を壊したと思ってもおかしくないタイミングだろう。

「お父さんに、何でミルクを連れていっちゃったのって、聞いてみた？」

「忙しいのにそんなこと聞けるはずないじゃありませんかっ！　あんな人きらいだ！」

癇癪《かんしゃく》を起こしたはじめくんは、俺がびっくりしていることに気づくと、恥じ入ったようにごめんなさいと小声で謝った。恐らく彼の人生有数の不安な時だろう。好きな猫もお母さんもお父さんも傍《そば》にいない。毎日心細いはずだ。でもそれがどうしてご来店に繋がるのだろう。はじめくんはやってくるなり、これと同じ石をくださいと言った。何故だ？

再び表情を引き締めたはじめくんは、俺ではなく窓のほうを見て喋った。

「でも、ぼくはめそめそしていられないんです。お兄ちゃんになるんだから、しっかりしないといけません。だから考えました。ミルクには目が二つありましたから。一つじゃかわりにならなくても、二つあれば大丈夫だと思うんです。もちろん、どこかにそんなことが書いてあったわけじゃないですけど……ともかく必要なんです！　お父さんなんかに頼りません。だからここに来ました。店長さんはまだですか」

お待たせいたしました、という声は、恐ろしくタイムリーにかかった。はじめくんの背後の扉から、リチャードがベルベットの箱を持って身を乗り出している。正直何分か前から、リチャードは扉の隙間から顔を出していたのだが、俺は気づかないふりをしていた。コンビネーションプレーというやつだ。

リチャードは俺と入れ替わりにはじめくんの隣に腰掛け、ぱっくりと黒い玉手箱の蓋《ふた》を開けた。中には宝石が二列に並んでいる。一列目はキャッツアイが四つ、どれもはじめくんの石ほど大きくない、小ぶりの石だ。色合いも黄味がかったものや、どちらかというと淡いグリーンっぽく見えるものもある。真ん中に一筋通った『猫目』の部分も、太かったり細かったり。もう一列に並んでいるのは、どうみてもキャッツアイとは思えない、緑や黒の石だ。

形は全て、一様にカボション・カット。カクカクしたところのない、ドングリ型だ。

はじめくんはしばらく押し黙ってから、むっつりと零《こぼ》した。

「…………同じ石が、ほしいんです」

さっきの話に従うなら、同じ石とはつまり、はじめくんの持ってきたキャッツアイと対になるような石ということだろう。猫の右目と左目のような。だがリチャードは、はじめくんの話など何も知らないような顔をして、小さなサイズのキャッツアイを前に、いつもの宝石語りを始めた。

「お客さまは、『キャッツアイ』という言葉の意味を知っていますか」

「猫の目です」

「その通りでございます。では、何故このような猫目状の筋が石にあらわれるのかは？」

「……知らないです」

「よかった、知っていると言われたらどうしようかと思いました。私があなたくらいの歳《とし》の頃には、誰かが白いペンで描いたのかと思っていましたから」

はじめくんはちょっと笑った。俺は十歳かそこらのリチャードを想像しようとした。それはもう、天地がひっくりかえるような美少年だったことだろう。そのくらいの年頃の時に、手元に宝石があったということか。まあ、赤貧の家庭の息子ってイメージではない。

リチャードははじめくんの隣で、石を一粒手の平に載せ、少し傾斜を変えてみせた。店の明かりを反射して、白い筋が一本浮かび上がる。どの角度から見ても真ん中に筋が入る。

「この石は、クリソベリルという種類の石になりますが、その中にルチルという、別の鉱物が少しまじりこんでいます。ルチルの結晶は針のような形をしているのですが、そこに光がうまく反射すると猫目のような光が生まれるのです。こちらにある青い石はアパタイト・キャッツアイ、こちらの緑はトルマリン・キャッツアイでございます。クリソベリルではございませんが、いずれも『キャッツアイ』と呼ばれる石ですよ」

「……理科はあんまり得意じゃないです」

「では『チョコレートケーキ』で考えてみるのはいかがでしょう？　エクレアも、チョコレートブラウニーも、ガトーショコラも、オペラも、いずれも素材にチョコレートが含まれているという意味では『チョコレートケーキ』ですが、ケーキ選びの際にこれらのケーキを一絡《から》げに考える方はいないでしょう。本質はそこではありません」

「あー、つまりこの場合は、チョコがルチルって鉱物で、ケーキそのものが大本の石……って解釈で合ってるか、リチャード？」

「そういうことです」

あれ？　ということは、『キャッツアイ』というのは、石の名前ではないんだろうか？

俺がおずおずと質問すると、リチャードはぞんざいに頷いた。

「この石を和名であらわした人物が『猫目石』という名称を使ったのが運のつきでした。ご覧のように、クリソベリルの他にもルチルのせいでシャトヤンシー効果——猫目のように見える反射光があらわれる石はいろいろありますが、この石のみをキャッツアイという名前で覚えている方も珍しくありません。ここまで広まってしまえば一概に間違いとも言い難い部分もありますが、キャッツアイは光の効果の総称です。光の筋が三本交わって、星のようになっていれば、キャッツアイではなくスター、スター・ルビー、スター・サファイアなどと呼ばれるものになります」

俺は適当に頷きながら、セーブ、セーブと手で制した。はじめくんが顔をこわばらせている。美貌の店主は話術巧みだが、小学生向けではない。俺にだって難しいのに。

と思ったが、はじめくんはおおよそのところを摑《つか》んでいるようだった。

「わかります。チンチラでも、ペルシャ猫でも、毛の白い猫は『白猫』ってくくられるかもしれませんけど、猫の種類は全然ちがう……そういうことですよね?」

リチャードは柔らかく微笑《ほほえ》み、はじめくんに一礼した。

「すばらしい。ご理解ありがとうございます。はじめさまは聡明でいらっしゃいますね」

はじめくんは照れたが、徐々に不安そうな顔になった。

「……キャッツアイは……石の名前じゃ、ないんですね。じゃあ、この、猫目の効果は、猫には何の関係もないってことなんですか……？　お守りの、力とかは……？」

「こちらのお石は、猫の目そっくりには見えませんか？」

「でも、石の中に何かが入ってて、そのせいで猫目っぽく見えるだけなら、全然関係ないってことになりますす……」

「はじめさまのご両親は、こちらの宝石のことを、どのように説明なさいましたか？　大昔の猫の、目玉の化石だと？」

はじめくんは首を横に振り、お守りと言われたと繰り返した。守ってくれる石だよと言われたと。よく考えると意味のわからない言葉だ。防犯ベルがわりになるものじゃない。

不安そうな顔をするはじめくんに、リチャードは微笑みかけた。

「間違っていませんよ。キャッツアイは古くから魔除けの石として珍重されてきました。もちろん目玉のような石を好むか嫌うかは、その土地の文化や人々の好みによります。ヨーロッパでは、昔々は不吉な石と思われていましたが、この日本やインド、中国など、アジアの国々では、古くから幸福を呼ぶ石とされてきました。興味深い違いです」

「……そんなに違うんだ……ものしりなんですね」

感嘆の眼差しを受けて、リチャードは軽く一礼した。俺ははじめくんのキャパシティに感動した。小学生だろう。つまんないわかんないと投げ出したっておかしくないだろうに。

でも、大人が自分に向かって、真剣に話をしてくれるなら、子どもだってこんな風に真剣になるものかもしれない。ただ子どもだからという理由で、子ども扱いされるのが嫌なだけだ。リチャードの傍にいると、こんな風にずっと忘れていたことが心の箱からぽろぽろ零れてくるようなことがよくある。つくづく不思議な男だ。

「はじめさまにとって、この石は災いの石ですか？　それとも幸運の石ですか？」

「……幸運の石です。ぼくの家族を守ってくれるはずだから」

はじめくんがそう言うと、店主は淡い微笑みを浮かべた。

「石は人の望むものになってくれます。願いを映す鏡になってくれるのです。石が一つでも二つでも、はじめさまの願いを叶えてくれるのであれば、同じではないでしょうか」

はじめくんはとても頭のいい子だ。リチャードの言葉は難しいだろうに、彼は諦めていない。金髪の店主が言おうとしていることに耳を傾け、全力で取っ組み合っている。

はじめくんは小さく首を横に振った。

「ぼくがほしいのは、鏡じゃなくて、家族を守ってくれる石なんです……猫のミルクは、二つの目でぼくの家族を見守ってくれてました。目が一つじゃ足りないです」

「失礼ながら、私にはあなたが二つ目の石を欲している理由が、『猫には目が二つあるから』ではないように思われてならないのですが」

いかがです、と店主は畳みかけた。

小さく息をのんだはじめくんは、ぎゅっと唇を結んだ。喋るか喋らないか、迷っている。リチャードは待った。短い沈黙のあと、はじめくんは叫ぶように告げた。

「この石は、いつかぼくのものになるって、お父さんとお母さんから言われました。でも、石が一つじゃ足りません！　弟の分がないんです。宝石を割ってわけることは、できないし……ぼくは、お兄ちゃんになるから、弟のためにできることは全部やってあげたいんです。宝石を持ち出したのは怒られるかもしれませんけど、でも、必要なことなんです。ミルクがいなくなっちゃったから、弟を守ってくれる石もなきゃ、駄目です」

「それほどまでして、あなたは一体何から家族を守りたいのですか」

「悪いこと、全部から……ミルクみたいに……」

「それはあなたがそんな風に思い詰めてまで、一人で守らなければならないものですか？」

今度の沈黙は長かった。はじめくんは小さな手をぎゅっと、紺色の短パンと膝《ひざ》こぞうの間で握りしめている。泣きそうだったが、強く歯を食いしばって耐えた。男の面構えだ。充血した目で、彼はリチャードを睨んだ。

「だってお父さんはわかってないんだもの……！　全然わかってない！　ミルクを連れていっちゃうから……！」

またこの話だ。お父さんはミルクをどうしたんだろう。どういうことなのと俺が尋ねると、はじめくんは小さな瞳に激情を燃やし、少しためらってから、低く零した。

「……誘拐したんです」

「えっ？」

「お父さんがミルクを誘拐したんです！　ケージに閉じ込めて！　知らないところに！」

はじめくんの話はこうだった。ある朝の六時ごろ。はじめくんが奇声に気づいて目を覚ますと、隣で寝ているはずのお父さんの姿がなく、家の外から激しい猫の鳴き声が聞こえた。お母さんを起こさないようにしながら、おっかなびっくり外へ出たはじめくんが、玄関の隙間から外を覗くと、駐車場にお父さんの姿が見えた。

後部座席に、白いケージにいれたミルクを積み込んでいたのだ。

ミルクがもがくように鳴き続けても、お父さんは気にも留めない様子だった。

はじめくんがびっくりして硬直している間に、車は出発し、どこかへ去ってしまった。ベッドに戻ってまんじりともせずにいると、三十分ほどでお父さんは帰ってきた。たった今目が覚めたふりをして台所に下りていったはじめくんは、あたりを見回し、ミルクはいないのと首をかしげた。

お父さんはしばらく無表情に黙ってから、今はいないみたいだな、と他人事のように言ったという。そのあたりにいるだろうから、そのうちひょっこり帰ってくるだろうとも。

「大嘘《うそ》つき……！　仕事のしすぎでおかしくなっちゃったんだ。そんなだから石があればミルクのかわりになるなんて思うんだ！　ミルクがいなくなったから、お母さんだって入院するし！　このままじゃもっと悪いことが起こるかもしれない！　だからぼくが！　みんなを守らなきゃいけないんです！」

　白い頬《ほお》を涙が伝うと、はじめくんは恥ずべきことをしたというように、手の甲でさっさっと涙を拭《ぬぐ》い、小さくはなをすすった。俺がティッシュ箱を持っていくと、素早くちーんとはなをかんで、俺に紙くずを返してくれた。王子さまのような子である。誇り高く、慈悲深く、背負うものがたくさんある。

　この子は別に、本当に宝石が欲しいと思っているわけではないと思う。宝石に新しく生まれてくる弟を守るすごい力があると、心の底から信じているわけでもないだろう。ただミルクを連れていってしまった、お父さんへのあてつけとして、お前は信用ならないからぼくが頑張るんだという意志表明として、ここへ来たのではないだろうか。

　そういう気持ちは、少しはわかるつもりだ。俺の母のひろみは一度離婚した。原因は俺の生物学上の父親のＤＶだ。殴る男だった。あいつを『お父さん』と思ったことは一度もない。小学生どころかもっと前から俺はそう思っていた。親に対する不信感というのは、どんなに小さな子どもの中にだって根を下ろすものだ。もちろん、こんな宝石を買ってくれるはじめくんのお父さんが、そんなにひどい男とは、俺には思えないけれど。

　親しいはずの間柄にあればあるほど、無関心や憎しみは重さを増す。そういうものだ。

　リチャードはしばらく静かにはじめくんを見つめていた。はじめくんは物おじせず、宝石商を凛々《りり》しく睨んだ。

「お願いです。ぼくのと同じくらい、いい石をください。弟にあげる石です。お父さんなんかに頼らない。ぼくが弟のために買ってあげる石です。おなかがへったらレストランに行くし、薬が必要な時には薬屋さんに行きます。宝石が必要な時、宝石屋さんに行って、石をくださいって言うのは、そんなに変ですか。いけませんか」

　リチャードは首を横に振った。はじめくんの表情が緩むと、テーブルの上からすいと、大粒のキャッツアイをとりあげ、手の平に載せた。はじめくんが持ってきた、大きな石。

「もう一度お伺いしますが、こちらと同じ、クリソベリル・キャッツアイをお求めなのですね」

「はい、そうです。難しいですか」

　はじめくんは極限まで真剣な顔で、リチャードの青い瞳をじっと見つめた。

　仕入れられないことはないと思う。リクエストさえあれば、リチャードは大抵の石は揃える。スター・ルビーが欲しい、無理だと思うけど、と笑って言ったお客さまは、二週間後に極上の粒を目の前に差しだされて目を剝《む》いていた。クリソベリル・キャッツアイだけは無理、なんてことはないはずだ。

でも今は、そういう話ではないだろう。

俺に思い浮かぶ選択肢は二つだった。わかりましたが今日は石がないのでまたお越しくださいとはじめくんを追い返すコース。二度目の来店はないだろう。そのままこの件は自然消滅。もう一つは、クリソベリル・キャッツアイにそんなに巨大な守護の力はないから諦めたほうがいいと諭《さと》すコース。大人のコースだ。でもそれは、彼が信じている大切なものを無下にあしらう行為になる。

この店主が、そんな風に『客人』をあしらうだろうか。

リチャードはしばらく考えたあと、温和に笑った。

「家族を十分に守ってくれる石が必要、ということであれば、既にあなたは十全な答えを得ているように思いますよ。その石だけでも、十分では？」

「もう！　何度同じことを言わせるんですか！　これはぼくので、弟のが必要なんです！」

「はじめさまのお父さまは、本当にそれが『あなただけのもの』だと仰《おつしや》ったのですか？」

「……いつかぼくのものになるって言いました」

「あなたはその石が与えてくれる守護を、ひとりじめしたい、弟には分けてあげたくないと思うのですか?」

「そんなことありませんっ！　でも……」

　リチャードは静かにはじめくんの言葉を待っていた。こういう時俺だったら、畳みかけたくなってしまいそうだ。押したり引いたりのタイミングがうまいのは、別に大人相手に限った話ではないのか。

　はじめくんは押し殺すような声で喋った。

「……でも、本当に守ってくれる石なら……ミルクがいなくなっても、お母さんはきっと入院しなかった……お父さんが買ってきた石なんか、百パーセントは信用できない。本当に、家族を守ってくれる石が必要なら、ぼくが見つけなきゃ駄目だ！」

　これは根深い。外野がどうこう言って解決するものじゃないだろう。どうするんだよと俺が目を向ける前に、店主は再び語り始めた。

「信じるというのは、とても難しいことです。人間は自分以外の誰かが何を考えているのか知ることはできませんし、その真偽を確かめることも困難です。ですが一つだけ、確実に言えることがあります。はじめさまのお父さまは、間違いなくあなたを、心の底から大事に思っているということです」

「そんなのどうしてわかるんですか！　嘘です、ほんとに大事に思ってるなら、ぼくに嘘ついて、ミルクを連れていったりしない！」

「どれほどの賢人でも哲人でも、いつでも絶え間ない波のように愛を伝えるのは難しいものです。事情はもろもろあるのでしょうし、私にはわからないことも多々あるでしょう。ですが、あなたが大切な家族を守りたいと思うのと同様に、あなたの家族もまた、あなたを守りたいと心から思っているのでしょう。古今東西、どうでもいい相手にお守りを与える人は一人もいませんよ」

リチャードの声は、優しく諭すようだった。

石はただの石です、なんてこの店主は言わない。

でも、美しい石には不思議な力がある、とも言いきらない。

ただ繰り返し言うのは、石は人の想いをくみ取ってくれるということだ。人間は自分の本当に望む方向へ自分を育ててゆく生き物だから、石はその手伝いをしてくれるのだと。

はじめくんが目指している方向はどこなのか、少なくともリチャードには、もう見えているようだった。小さな黒い瞳は涙ぐんでいる。

「……そんなこと言ったって……全然ぼくの話、聞いてくれなくて……っ、そんなんじゃ、大切に思ってくれてたって、ぜんぜん、意味ない……！」

リチャードは石をもとあった場所に戻すと、小さな頭に手を伸ばして、くしゃくしゃと撫でた。はじめくんは今度こそ堪《こら》えきれなくなったようで、膝の上にぽつぽつと涙を零した。

俺が立ちあがり、はじめくんの横にしゃがみ込むと、リチャードはちょっと俺を睨んだ。またお節介をする気かと言わんばかりである。そうだよ悪いか。

「ねえはじめくん、ちょっと提案があるんだけど聞いてくれるかな」

「……何ですか」

「お父さんともう一回、お話ししてみよう。ケージにいれてミルクを連れていったのは間違いないんだろう、だったら話してみようよ。今の話だと、お父さんには『現場を目撃してるんだ』ってまだ伝えてないんだろう？　話し合うにも、まずはそこからだよ。腹を割って談判すれば、大抵の大人には話が通じるよ。俺が護衛についていってもいいしさ」

「正義」

「気持ちはわかるんだよ。お父さんにちゃんと伝えよう。一人で黙って遠出するより、はじめくんがどのくらい苦しんでるのか伝えたほうがいい」

「正義。お茶のおかわりを」

「茶々をいれるなって！　けっこういいこと言おうとしてるんだぞ俺は」

「お兄さん……またふざけたこと言うから、ぶちこわしですよ……」

「あ、今ちょっと笑った？　はじめくんが笑うとお兄さん嬉しいな。俺のことなら心配するなよ、大学生っていうのはそれなりに時間に余裕があって」

「もう死んじゃってたら会えないじゃないですか！　お兄さんのばか！　ミルクはそんなに若い猫じゃなかったから！　お父さんが連れていったのはミルクが死んじゃいそうだったからかもしれないのに！　お母さんに心配させたくないからかもしれないのに！」

あっ。

そんな事情が。

あったなんて。知らなかった。

どうしよう。

ここでリチャードに采配を丸投げして逃げるなんて最悪だ。よしんばミルクが死んでしまっていたとしても、それはそれだ。お父さんがはじめくんを悲しませまいとしてやったことじゃないか。いやもしかしたらもうかわりの猫を準備してくれているのかもしれない。弟と一緒にやってくる新しい子猫。だめだこれも最悪だ。かけがえのない大切な家族の『かわり』なんているはずがない。そもそも俺はどうしてこんなに悪いほうへ想像力をたくましくしているんだ。そうだ、ただはじめくんを慰めてあげればいいじゃないか。

「ま……まだそうと決まったわけじゃないって！　俺、何か、力になれることあったら、手伝うよ。やれることなら何でも！　ね、はじめくん」

「ティッシュください。はなみずがでるから……」

「はい」

貴族の坊ちゃまに仕えるフットマンのように、俺は床に膝をついてティッシュの箱を恭《うやうや》しく差しだした。はじめくんがびーっとはなをかんでいると、インターホンの音が聞こえた。来客？

「正義」

店主は涼しい顔のまま、店の玄関を指さした。自分で出ればいいのに。それにしてもお客さまが複数同時にやってくるなんて珍しい。予約は入っていなかったのに。

外の様子が見える液晶画面を覗きこんで、俺は眉根を寄せた。様子がおかしい男女の二人連れ。早く開けろとばかりに扉にくらいついている。大丈夫なのかこれは。

俺はインターホンで応答してみた。

「はあい、『ジュエリー・エトランジェ』でございます」

『すみません！　うちのはじめがお伺いしていると聞きました！』

女性の声だった。俯《うつむ》いていたはじめくんが顔を上げた。俺もぎょっとした。

リチャードは悠然《ゆうぜん》とソファから立ち上がり、電子ロックを外すと、扉を開けた。転がり込んできた二人のうち、女性のお腹《なか》はぽっこりと膨らんでいた。明らかに、どこからどう見ても、妊婦さんだ。

「はじめ！　何してるのこんなところで！」

「お母さん、お父さん……！」

ソファのはじめくんは母親に抱きつかれ、紙くずを持ったまま硬直していた。丁寧に玄関の扉を閉め、ゆっくりと近づいてきたスーツの男性は、立ったまま二人をじっと見下ろしている。顔が蒼《あお》い。心配していたんだろう。母親のほうは三十代半ば、父親のほうは四十代になりかけくらいの歳だろうか。妊婦さんは、パジャマのようなワンピースの上にパーカーをひっかけている。入院していたんじゃなかったのか。

突然のことに、はじめくんは目を白黒させていた。

「どうして……？　仕事中じゃないの？」

「切り上げてきた。リチャードさんから電話をもらって、びっくりしたぞ。どうしてお店の場所がわかったんだ」

「……名刺………」

「金庫の中に入っていたはずだよ」

お父さんは声の低い人だった。はじめくんがびくっと俯くと、宝石商が間に入った。

「ご無沙汰《ぶさた》しております、八坂《やさか》さま」

「リチャードさん、申し訳ない。お電話をいただいた時には耳を疑いましたよ」

「私も目を疑いましたが……」

俺が怪訝《けげん》な顔をすると、リチャードは軽く肩をすくめた。

「こちらのクリソベリル・キャッツアイは、八坂さまがお買い上げになられたものでございましたので、間違いないかと」

リチャードは慇懃《いんぎん》に一礼した。さっきのやけに長い電話は、この八坂夫婦への連絡だったのか。石で思い出せるものなんだろうか。指輪でもペンダントでもない、ただのルースなのに。

ああそうですかと頷いたあと、はじめくんのお父さんは床に膝をつき、息子と視線を合わせた。

「はじめ、聞きたいことがいろいろあるよ」

「今はいいじゃないの、あなた。顔が怖いわよ」

「……お母さん、病気は？　具合が悪くて、入院してたんじゃないの……？」

「あれは病気じゃないわよ、『つわり』って言うの。調子が悪いのは妊婦さんの仕事みたいなものでしょ。お父さんが電話で教えてくれてね、タクシーで病院まで拾いに来てくれたのよ。一時退院ってことでゴリ押ししちゃった。はじめ、本当に、本当に、心配したんだからね」

母親に抱きしめられると、再びはじめくんの涙腺《るいせん》はゆるゆるになった。ごめんなさいとひたすら謝る彼が、どれほどの覚悟でこの店にやってきたのか、ご両親は是非《ぜひ》尋ねてあげてほしい。貴重品を持ち出したのは褒められたことじゃないけれど、あんまり叱らないであげてほしい。何なら俺が語ってもいい。

と思ったのだが、この分だと、ひょっとしてリチャードが電話した時に、大体のところは伝わっていたのか。

はじめくんは泣きながら、お母さんにごめんなさいと繰り返していた。

「ミルクがいないから、ぼくが何とかしなきゃと思って……」

「え？　はじめ、どういうこと？」

「だって！　守り神がいないんだもの……！」

はじめくんは泣きながらも、かなり頑張っておしゃべりした。ミルクの『かわり』の石が家にやってきたすぐあとに、ミルクがいなくなってしまって不安になったこと。ミルクを連れていってしまったのを目撃したのに、お父さんがごまかしたこと。自分が家族を守らなきゃと思ったこと。

八坂氏は静かな顔で最後まで聴いていた。

はじめくんにつられて涙ぐんでいた八坂夫人は、夫のことをじっと見た。大分非難がましい眼差しだったが、八坂氏は受け流してしまった。そして息子の頭を撫でると、なあはじめと息子の名前を呼んだ。

「ミルクは今、家に置いておけないんだよ。家にいると困るんだ。だからお父さんの建築事務所の秘書さんの家に、ちょっと預かってもらっているんだよ。元気にしている」

「嘘だ！　ミルクが家にいると困るなんて！　いないほうが困るのに！」

「野良猫は妊婦さんによくありませんからね」

リチャードの援護射撃に、俺は眉根を寄せた。八坂氏も頷いていた。いや、そんなの俺は知らないけど、一般常識なのか。説明してくれと俺が口だけ動かして促すと、宝石商はゆっくり語ってくれた。多分、はじめくんにもわかるように。

「トキソプラズマという寄生虫を知っていますか？　野良猫の中にいる原虫が、妊婦さんに触れると、病気の源《みなもと》になってしまうのです。病を得る危険性はとても低いと聞きますが、半野良のミルクは、今はお母さんの近くにいるべきではないと、誰かが判断したのかもしれません」

「…………そうなの……？」

「ああ。お母さんの抗体検査をしたら、病院の先生が、念のため猫とはしばらく離したほうが安全だろうって」

八坂氏はあまり表情を変えずに言った。ぽかんとするはじめくんの後ろで、俺も呆然としてしまった。そんなの説明してくれれば、すぐわかるだろう。何で教えてくれなかったんだ。

俺と同じことをはじめくんも思ったようで、なんでとお父さんを問い詰めていた。八坂氏は沈痛な面持ちでぼそぼそと喋った。

「どうせすぐ家に戻すつもりだった。説明したら、不安がるかもしれないし、はじめが会いに行きたがるかもしれないと思ったんだ。でも、連れていってやる時間はなかったからな」

はじめくんはまだお父さんを信じられない顔をしていた。ここまで不信の根が育ってしまったら、払拭《ふっしょく》するのは大分難しいだろう。

八坂氏は、厳しい顔で自分を睨んでくるはじめくんの顔をじっと見つめていた。

「はじめ、まず最初に謝らせてくれ。ごめんな。お父さん、はじめが不安になってることになかなか気づいてやれなかった。本当に、悪かったよ」

「……忙しいのはお父さんのせいじゃないから、謝ってもらわなくていい」

「はじめはいつもそうだな。忙しい時は心配してくれて、おつかれさまって言ってくれる。本当にお前はいい子だよ。だからなおさら、お前が寂しがってることに気づけなかったことが、お父さんはつらいよ。悪かった。ミルクのことも、ごまかしてすまなかった。つらい思いをさせたくなかったんだ。でも、余計につらい思いをさせてしまったんだな」

八坂氏は、リチャードのように話術巧みなタイプではないようだ。ただ朴訥《ぼくとつ》に言葉を綴《つづ》る。こういうタイプの人は俺の男友達にも多い。誰もが自分の感情を、思うように伝えられるわけじゃないのだ。でも、子どもにそこまでわかってもらおうとするのは酷《こく》だろう。

八坂氏は、テーブルの上の宝石にふと視線を移すと、手にとり、はじめくんに見せた。

「ダイヤルロックがもう開けられるなんて、はじめはすごいな。自分の誕生日に合わせてみたら開いいちゃって、びっくりしたか?」

はじめくんはまた泣きそうな顔になって、強く頷いた。押し殺した声で、ごめんなさいと頭を下げる。もういいから。はやくどっちも許し合ってくれ。こういうのは心臓に悪い。頼む。八坂夫人もはらはらしていた。妊婦さんのお腹にも悪そうだ。

八坂氏はあくまでゆっくり喋った。

「この石は、はじめを幸せにしてくれると思って、佳奈子《かなこ》さんと相談して買ったんだ。それだけだよ。『かわり』なんて言わなきゃよかったな。もちろん今はお父さんも頑張るけれど、ミルクもお父さんもお母さんもいなくなっちゃったような時に、はじめの力になってくれると思ってね。ミルクの見つけてくれた病気みたいに、いつどこで何が起こるかなんて誰にもわからない。でも、もしこの石やお父さんのせいで、はじめが苦しい思いをしているんなら、リチャードさんにお返ししてしまおうか」

「石は……悪くないよ。石は何も、悪くないよ……お母さんが家に帰ってきたら、またミルクと会える？」

「ああ、ちゃんと会えるよ」

「……よかったぁ」

初めて聞いた。はじめくんの、こんなに子どもらしい声。

心からほっとしたように、お母さんに抱きついたはじめくんは、十秒くらいしてから俺とリチャードの存在を思い出したようで、慌てて居住まいを直した。俺は見ていなかったふりをしたし、リチャードもそっぽを向いていた。

そういえば、と八坂氏は思い出したように呟いた。

「この石のこと、リチャードさんに聞いたか？」

はじめくんは目を見開いて、背後の宝石商を振り返った。リチャードは目の前で繰り広げられる家族三人感動の再会を、アイスロイヤルミルクティーを飲みながら、ほどよい距離で眺めていた。

グラスをテーブルに置き、リチャードははじめくんに向き直った。

「クリソベリル・キャッツアイには、ご覧のようにさまざまな色がありますが、特に良質とされる石には基準があります。中央の筋が美しく、はっきりと白いこと。地の石のカラーが蜂蜜のような金色をしていること。そういった品物を、私どもは『ハニー・アンド・ミルク』と呼びならわしています。意味はわかりますか？」

「蜂蜜と、ミルク……」

はじめくんは大きな瞳を見開いた。八坂夫人が笑っている。

「ハニーミルク、はじめの大好物でしょ？」

小さな頭が、小刻みに振られた。ああ、確かにこれは八坂家にぴったりの石だ。

「名前を聞いて即決だったのよね。うちのミルクの『第三の目』みたいで素敵だし」

「佳奈子さんは不思議な話が好きだからな」

はじめくんが何も言えずにいると、八坂氏は息子の黒い頭をくしゃっと撫でた。眼差しは優しいが、とても真剣だ。

「はじめ、一つお父さんと約束してくれ。もう二度とこんな風に、一人で遠くに出掛けないって。ミルクが守ってくれるとしても、危ないことは駄目だ。お前だってわかるだろう、もし自分の大事な、命にかえても惜しくないくらい可愛い小さな子どもが、知らない間にどこか遠くに行ってしまったら、お父さんとお母さんがどのくらい心配になるか。お父さんはもう二度とはじめに嘘をつかないし、子ども扱いしてごまかしたりしない。だからはじめもお父さんに約束してくれ」

「……わかった。ごめんなさい」

「お父さんこそ悪かったよ。はじめが無事でよかった」

八坂氏ははじめくんを抱きしめた。やばい。どこか別の場所を見なければ俺が泣きそうだ。父と子の涙のハグなんて俺の急所にクリティカルヒットすぎる。何か別のことを考えなければやばい。そうだ牛乳。冷蔵庫の牛乳をどうしようかと思っていたんだ。

ひょっとこのような顔で唇を嚙みしめているのを見かねたのか、リチャードが八坂氏を呼んだ。

「それで、どうなさいますか。こちらへはお車でお越しですか」

「いえ、事務所からタクシーで病院に寄って……しまったな、さっきの車を待たせておけばよかった」

「一台呼びます」

「助かるわ、リチャードさん。家のほうに来てもらっていたけど、お店も素敵ね。退院したら三人でまた来るわ」

「……四人だろう。佳奈子さんと僕と、息子が二人だよ」

「あらそうね」

床に膝をついて息子と視線を合わせていた八坂夫人は、よっこらしょと掛け声をかけて、ソファの肘《ひじ》掛けに手をついて立ち上がった。これだけお腹が大きくなると立ち上がるのも一苦労だろう。確か妊娠中はカルシウムが足りなくなるから骨折しやすいと、看護師の母が言っていた。

あ。

「あの！　お車を待つ間、よろしければお飲み物はいかがでしょうか」

「……このお兄さんは、ふざけてるけど、いい人だよ」

「あらあら。はじめ。はじめは上から目線ねえ」

はじめくんは居心地悪そうな顔をして、少し笑った八坂氏の後ろから、俺にぺこりと頭を下げた。

「お仕事の邪魔をしてしまってごめんなさいね、お水か何かいただけると嬉しいんだけど」

「……お手伝いのお兄さん、お母さんにはコーヒーとか紅茶とか、だめですからね」

「かしこまりました！　では」

俺はえほんと咳払いをした。

「ハニーミルクは、いかがでしょう？」

あらぴったり、と八坂夫人が手を打ち合わせた。

ハイヤーを待つ間、八坂さん一家は赤いソファに腰掛けて、仲良くハニーミルクを飲んでいた。お父さんとお母さんが隣り合わせで、はじめくんはお父さんの膝の上にいる。リチャードは玉手箱に並んだ宝石を、一つずつ丁寧に紹介し、新しく生まれてくる子どもはどんな石が好きでしょうねと笑った。

「今回は運がよかったな。たまたま覚えてたのか？」

「何の話です」

「売った石と、相手をだよ」

リチャードは胡乱《うろん》な瞳で俺を見つめた。待っても待っても何も言わない。ひょっとして。

「まさかとは思うけど……自分が誰にどんな宝石を売ったのか、全部覚えてるのか」

「覚えていますよ」

「ぜ、全部？」

「全部です」

俺は言葉を失った。それは、もちろん、一日に百個売れるというタイプの商品ではない。それにしたって何年も続けていれば、百個や二百個の話ではなくなるだろう。

「……帳簿とかあるんだな？」

「取り引き上必要になる時にはつけていますが、そうでなければつけません。そもそもお客さまといつまたお会いするかは、相手のご都合次第です。その時その時に、以前何をお買い上げになられたのか、どんな石がお好みなのかも忘れた状態で、まともな商売ができると思いますか」

「おみそれしました」

ありがとうございます、とリチャードは一礼した。大して感情がこもっていないこと丸わかりの、人形のような礼だったが、優雅だ。宝石商としてのプライドを見た気がした。

「最初はびっくりしたけど、大変なことにならなくてよかったな」

「あなたは楽しそうでしたね」

「珍しかったからかな？　ご年配のお客さんはよく来るけど、子どもってなかなか来ないだろ。はじめくんは最年少記録更新かな。お腹の赤ちゃんもカウントすればもっとか」

「呑気《のんき》なことを。一時はどうなることかと思いましたよ」

「八坂さんの電話番号知ってたんだろ？　じゃあ大した事件でもないって。ちょっとした家族の日常の一コマで、いい思い出になるんじゃないか？」

リチャードはしばらくの間、信じられないと言わんばかりに俺の顔を凝視していたが、何かに納得したのか、何度か頷いた。

「正義、あなたもこの店で働き始めて随分になりますが、宝石の相場というものがわかってきた頃合いですか？」

「どういう話の展開だよ？　まだ全然わからないけど、そうだなあ……ルビーはサファイアより高くて、トルコ石とかラピスラズリみたいな石は他の宝石より価格帯が低めで、クオーツはもっとお手頃とか、そのくらいはわかるかな。門前の小僧ってやつ？」

「なるほど。ではクリソベリル・キャッツアイはいかがです」

「ルビーやサファイアほど高くはないと思うなあ。ああいうのは一粒で五百万とか、すごい値段のもあるだろ」

「先ほどのキャッツアイの値段は、一千万どころではありませんよ」

俺のリアクションは珍奇な悲鳴になった。一千万、どころではない。クリソベリル・キャッツアイが？

「そんなに高級な石だったのか……？」

「逆にお尋ねしますが、何故キャッツアイが高価ではないと思うのです」

「だって、珍しくないだろ。あっちこっちで売ってるぞ。俺、見たことあるぞ。石のブレスレットを売ってる店で、キャッツアイ一綴り五百円くらいで、ピンクとか青とか」

「あれは人造宝石です。まったく嘆かわしい混同を。キャッツアイが珍しいものであるからこそ、合成石を安価につくる技術が発展したのですよ。天然石との違いは一目瞭然です。本物のクリソベリル・キャッツアイは、ほとんどブラジルとスリランカでしかとれません。非常にレアな石なのです。言うまでもなく大きくてクオリティの高い石であればあるほど」

それにしたって、一千万——以上。

「質問してもいいのかわからないけど……あれ、おおよそで幾らだ？」

「私のジャガー数台分程度、とだけお伝えしておきます」

リチャードが使う社用車のジャガー。無難な国産車にでもしておけばいいのに何故かスポーツカーである。俺も運転してみたいと頼んだ時、中古で五百万ほどだそうですよと言われた覚えがある。頭の中を札束が舞う。

「スリランカ産、三六・四二カラット。私が扱ったクリソベリル・キャッツアイの中で、間違いなくあれが最も大きく、美しい石でした。彼がポケットから取り出した時には目を疑いましたが」

俺はなんとなく、ポケットから札束をどかどか出す無邪気な小学生の姿を想像した。肝《きも》が冷える光景だ。リチャードにははじめくんの行動が、俺とは全く違うものに見えていたのだろう。

はじめくんは交番へ連れてゆくなら俺を誘拐犯扱いするぞと言ったけれど、彼が本当に誘拐事件に巻き込まれなくてよかった。危険すぎる。

「……でも、わからないよ。一千万の石をぽんと買えるほど、あの人たちって裕福だったのか。その、突っ込みすぎた話だったら、スルーしてほしいんだけどさ、宝石に一千万かけるって……言葉が悪すぎるけど、金持ちの道楽って感じだろ？」

「あなたは資産管理、あるいは資産運用という言葉を知っていますか」

「そりゃ知ってるよ、痩《や》せても枯れても笠場《かさば》大学の経済学部だぞ」

胸を張る俺を、リチャードは無言でスルーして話を続けた。

「もしもの話ですが、あなたが有能な大蔵官僚になったとして、年収が数百万で安定し、貯金が三千万を超えたとしたらどうしますか」

「八坂さんにそう相談されたのか」

「たとえ話です。彼らの経済状況とは一切関係ありません」

「そ、そうだな、悪かった」

お金をどうやって管理するかという問題は、誰にでも縁のある、というか誰も逃れられない悩みだ。俺の場合はバイト代と仕送りという収入を、電気ガス水道ほか家賃と、交通費と食費と娯楽費に振り分ける作業がそれにあたる。大学の学費は母親のひろみが払ってくれている。貯金を少しずつ作っているので、働き始めて何年かしたら、返せる予定でいるのだが。もし結婚して子どもがいたら、教育費の積み立てだって必要になるだろうし、家を買ったら家のローンも返すことになる。給料の振り分け先は無限だ。

リチャードが想定を促しているのは、それでもお金が余るような場合だろう。

「そうだなあ……株でもやるか、株主優待もおいしいし。それでもまだ余裕があるなら、不動産の管理とか？　現実感がなさすぎて、うまく考えられないけど」

「今の内に想像しておきなさい。あなたの前途はいまだ白紙なのですから。加えて、現実の金銭の話に関して『現実感がなさすぎて』というのも、いかがなものかと思いますよ。欧米では日本より、そういった形での資産管理へのハードルが低いものです」

「そりゃそうだと思うよ。資本主義って考え方だって、もともとあっちの発明品だろ」

「そうではなく、資産を『お金』という形以外で持つ意義が、広く知られているということです。紙幣も硬貨も、つまるところ国家の存在に依拠《いきょ》した価値体系の産物でしかありません。リスクマネジメントの一種です。もちろん節税にもなりますが」

つまり、国が潰れれば、いくら預金口座に金が入っていても紙切れになってしまうから、そういう事態に備えておくということか。なるほど、それで宝石を。

「いやいや、それは考え方としてどうかと思うぞ。百万円で買ったダイヤの指輪を質屋に持っていっても、中古買い取りなんだから百万円にはならないだろ？　資産が目減りしてるよ」

「健全な考え方ですね。ですがたとえば、非常に珍しい石、その中でも今後産出する可能性が低いマスターピースを持っているような場合には、どうなると思いますか？」

さっきのクリソベリル・キャッツアイのような、ということか。俺が確かめると、リチャードは無言で頷いた。

「市場の品物というのは、どれも適正な価格によって取り引きされるものです。他に二つとないような品物の適正価格を、あなたはどうやって決めますか？」

「……欲しい人に値段をつけてもらう、かな。いや逆だ。売り手が値段を言って、買ってもらうよ……めちゃくちゃ売り手市場になるな」

「そういうことです」

俺は変な顔をしていたらしい。リチャードにやめなさいと窘められた。

「信じがたいよ。キャッツアイのコレクターなんて、そんなにあっちこっちにいるのか？」

「仮にこれが宝石の話ではなく、印象派絵画や、上海《シャンハイ》の高層ビルのマンションの話だとしたら、理解しやすくなりますか？」

「あ……あー、そうか……」

少しずつわかってきた気がする。コレクターじゃなくても、別に部屋が欲しい人じゃなくても、一定の額面のお金を、宝石や不動産の形で管理するのはありふれたことだ。リスクマネジメントとしても、税金対策としても、そして今後の値上がりを見越した投機としても。

「宝石も『資産』か……考えたこともなかった。もうここのバイトも長いのにな……」

何百万という石を買っていったお客さまの中にも、そういう考え方の人がいたのだろうか。いたに違いない。ただ「きれいだから」という理由で使うには、数百万という価格は高すぎる。

「難しく考える必要はありません。そういう宝石の愛《め》で方もあるというだけの話です。資産と呼べるほどの宝石は、そうですね、目安にするならば一千万円以上と言われています。そのくらいの価値のある石であれば、豊かな鉱脈を持つ最上級の鉱山でもいきなり見つからない限り、価値が上昇こそすれ、下がることはまずないでしょう。よほど極端な管理でもしなければ、品質が劣化するというものでもありません。日本ではまだあまり根づいていませんが、ヨーロッパでは文化として、アクセサリーが代々受け継がれています。小さくて軽く、いざという時すぐに持ち出せて、どの国でも換金可能な品ですからね」

　俺は八坂氏の言葉を思い出した。

　守ってくれる石。はじめくんの力になってくれる宝石。

　猫のミルクがどんな病気を見つけてくれたのか知らないが、そのあたりで何か思うところがあったのかもしれない。俺は八坂氏の不器用な愛情を感じた。はじめくんはまだ、あんなに小さいのに、何かを遺してあげなければならないと思ったのだろうか。

　何だか切ない話だ。

　それにしても、とリチャードは湿っぽくなりそうな空気を打ち消すように補足した。

「債券や不動産に比べれば、宝石は金銭に換えやすいものとは言えません。個人的には、石の本質は不動産や金貨の『かわり』ではなく、美しさであると思っています」

「うん。そこは俺も同感だ」

　リチャードは俺の顔を見て、笑った。いい笑顔だ。別に世界中の美人のスマイルを見るたび幸せになるようなおめでたい体質ではないけれど、リチャードの顔には癒《いや》し効果があると思う。

「お茶、おかわり飲むか。アイスロイヤルミルクティー、まだ鍋いっぱい残ってるぞ」

いただきましょうとリチャードは言った。俺は厨房に戻って、グラスにお茶を注いだ。

そう簡単には減らない資産。最近の世界は物騒なことがいろいろとあるし、もし子どもができて、多少なりとも家に余裕があったら、少しでも安心できる形でたくわえを遺してやりたいと思う気持ちはわかる。そのために宝石という発想はなかったけれど。

俺の頭をふと、不安の黒雲がよぎった。

八坂家には二人目の子どもが生まれてくるはずだ。同じものをもう一つと言っていたはじめくんを、俺はさっきまで微笑ましいとしか思わなかったけれど、もしかしたらあれは、理にかなったことだったのではないだろうか。

だってキャッツアイは、二つには割れない。

分けられない財産は火種のもとになったりしないんだろうか。

お茶を出しながら、明らかに俺が心配することではないとは思うけどと前置きして悩みを打ち明けると、リチャードはしばらく、不思議そうな顔で俺を見たあと、ふっと笑み崩れてお茶を一口飲んだ。グラスの氷がからんと揺れる。今の笑顔はすごかった。印象派絵画の巨匠が渾身《こんしん》の情熱で描き上げた大聖堂みたいな、硬質なまでの美しさだった。言わないけれど。

「キャッツアイは魔除けの石です。人間の中に巣くう邪気もはらってくれます。もし彼らが、あの石のように清らかな心を失わず、歳月を重ねてゆけば、すぐにわかるはずですよ。より価値があるのは宝石よりも、美しいものを美しいと言い合える相手だと」

「……ミルクもいるしな」

「ええ」

八坂家の守り神は、この珍騒動を知ったらどう思うだろう。犬も猫も好きだけれど、一度も飼ったことのない俺は、動物と人間の絆にちょっと憧れる。願わくば、はじめくんの信じるミルクのご加護が、これからも続きますように。

「しかし助かったよ。これで牛乳、いい感じに減ったからなあ。二日で使い切るにはちょうどいいと思うぞ」

「………………」

俺は微笑みかけたのだが――リチャードの顔色が冴《さ》えない。どうしたんだろう。眉根を寄せると、リチャードは鏡うつしのように変な顔をした。

「いや、表情硬いからさ。どうしたんだよ」

俺が真剣な顔で待ち構えていると、リチャードは何だか気まずそうに喋った。

「……興味本位の質問ですが、牛乳寒天というのは、いかなる食べ物なのでしょうか」

俺の脳みそは数十分間分、ぎゅぎゅぎゅっと高速再生で戻っていった。牛乳寒天。牛乳を買いすぎたから。どうにか消費しなければならない。そのために寒天を。

ああー。

俺がにやにやしながら立ち上がると、リチャードはいっそう変な顔になった。

「何ですかその顔は」

「明治屋《めいじや》で牛乳と寒天を買ってくる。領収書でいいよな」

「よしなさい」

「寒天もきっとあるぞ。さすがの甘味大王だよ、お前は」

「誰が大王だ！　……いえ失礼、意味がわかりません。さっきの言葉は単なる質問で」

「練乳入れるとめちゃくちゃ甘くなるんだよ。エナジードリンクみたいに元気出るぜ」

「作れなどとは断じて言っていない。あなたのサインした約款《やっかん》の勤務内容にそのような項目はなかった」

リチャードの言葉から敬語が抜けた。滅多に聞けない。本気モードだ。俺はふざけた顔を引き締めて、店主に向き直った。リチャードは俺をじいっと睨んでいた。

「……わかった」

「わかればよろしい」

「家で作ってくる」

リチャードは途方に暮れた顔をした。端整な顔には『このバカめ』と書いてある。俺はこいつの四角四面に律儀なところがけっこう好きだ。

「……いつかあなたに『よければ一緒に銀行強盗を手伝って』と持ちかけてくる、容貌の整った友人がいないことを祈るばかりですよ」

「そんなの全然違う話だろ。ふざけた心配してるぞお前」

「何をしても給料は上げませんよ」

「駄目か。密かに狙ってたんだけどな」

「白々しい。ここは飲食店ではありませんし、あなたは大学生です。学生の本分は勉学にあると思いますがいかがですか」

「ぐうの音《ね》も出ないよ」

リチャードはふんと顔を背けた。甘いものに関わる時のこいつのリアクションは、いつもの三割増しで子どもっぽいので、実はこっそり気に入っている。

「……ンのほうが好きだと言ったのに」

「え？」

「何でもありません」

リチャードは氷のようにつんと澄まし、それきり何も言ってくれなかった。

あくる日曜日。店は予約のお客さままで繁盛し、俺は濃厚なロイヤルミルクティーを何杯も準備した。リチャードは笑顔のセールストークで石を見せ、売りさばき、お客さまとジュエリーの歓談に興じた。世界に完璧な人間がいるとしたら、この店にいる時のリチャードだと俺は思う。他の顔を俺は知らない。

未来を見通してくれるという、八坂家の守り神、白猫ミルクが、俺はほんの少し羨《うらや》ましくなった。猫は人間の言葉を喋らない。だから未来を見通しても、人間関係に悩んだりしないだろう。俺もそんな存在だったら、リチャードも少しは、日常の顔を見せてくれたりするのだろうか？　別に甘いものにかかわらなくても、パーフェクトな宝石商リチャード氏以外の顔を。

その日の帰り道、裏手の駐車場に寄った俺は、一つ嬉しいことを知った。俺が時々撫でさせてもらっている黒猫の名前はさくらというらしい。さくら、ごはんだよと言う女性の声に呼ばれて、黒猫は優雅に俺の手の平から抜け出していった。俺もいつか、ペット可の部屋に引っ越したら、いや一戸建ての家に住むようなことがあったら、その時俺の傍に、生き物の好きな誰かがいてくれたら、そいつの名前を考えたりするのだろうか。ひょっとしたら子どもの名前も。

想像しておきなさいとリチャードは言った。あなたの前途はいまだ白紙なのですからと。

そんなに前途洋洋な身の上とは思い難いけれど、考えておこう。俺には白猫ミルクのような不思議な力はないのだから。未来はわからないけれど、そんなに悪い気はしない。夢を見るのは人間の特権だ。

case. 2

戦うガーネット

土日のみ開くこの店は、銀座《ぎんざ》の裏通りにある雑居ビルの二階にある。一階はビルを管理する不動産関係の事務所が入っていて、三階から上はオフィスだったり空いていたりとまちまちだ。

今日は店の郵便受けに、工事のお知らせが入っていた。一階の事務所がエアコンの取り換え工事をするらしい。ちょっとしたリフォームだ。作業員が何人も入って、天井を叩いたりするという。工事の日程は来週土曜の二時から。騒音の中で宝石を売るわけにもいかないので、早めに営業を切り上げることになりそうだ。

「予約がないなら一日閉めちゃってもいいんじゃないのか?」

「『臨時休業』は好ましくありません。都合が悪いならあなたは来なくても構いませんが」

「いやいや来ます、来ますって」

そうですかと頷《うなず》く店主は、無類の美貌《びぼう》の持ち主だが、中身は昔気質《かたぎ》で一本気な奴である。そして異様に甘いものが好きだ。本日のおやつは歌舞伎座《かぶきざ》まで遠出して手に入れた人形焼である。焼きたてすぎてほくほくってレベルではない熱さだったのだが、持ち帰ってくる間にいい塩梅《あんばい》にさめた。うまい。俺は緑茶で食べるべきだと力説したのだが、こいつはロイヤルミルクティーを押し通した。信仰だ。もうこれは信仰でいい。信仰には勝てない。勝つ気もない。実際一緒に食べてみたらうまかったし。

「……前から思ってたけどさ、この応接間ちょっと殺風景すぎないか？」

美貌の店主は何も言わず、俺のいれたロイヤルミルクティーを飲んでいた。この顔は『聞こえているけれど返事をするに値しない』の顔だ。よく見る。

「もうちょっと何かあってもいいと思うんだよな。歌舞伎座の土産物コーナー、よさそうなのがいろいろあったぞ。ここは外国人のお客さんも多いだろ、和風テイストにしても」

「前から申し上げてはいますが、インテリア雑貨の類《たぐい》は、置きません。きりがありません」

「……猫の置物の一つくらいはいいんじゃないか？」

「今の一言であなたが『お好きだと思って』という言葉で無数のオーナメントを送りつけられた経験がないことがよくわかりました」

「うっ。悪かったよ」

リチャードは俺のおざなりな謝罪を無視した。大抵の人間には一生無縁な経験を、この男はいろいろ持っていそうだ。

甘味を片づけていると、予約のお客さまがお見えになった。山本《やまもと》さんである。

「いらっしゃいませ。お待ちしておりました」

「どうも……」

先々週に初めてやってきた、二十代半ばくらいの女性のお客さまは『山本』とだけ名乗った。ガーネットを見せてほしいと電話してきたのだ。外資企業で内勤をしているという。婚約者が指輪を買ってくれるそうで、欲しいものをあらかじめ探しておくようにと言われたらしい。予算は天井知らず。景気のいい話だ。

黒髪をシュシュでポニーテールにした山本さんは、今日はグレーのスカートに無地のブラウスを合せている。華がないというわけではないが、多分あまり目立たない色が好きなんだろうなと、前回も思ったことを覚えている。

最近暑くなりましたねとか、冷え症だと冷房が辛くてとか、新しいお茶を準備して世間話をしているうちに、奥の間に消えたリチャードが、玉手箱を持って応接室に戻ってきた。ガラスのテーブルの上でぱかりと開けると、色の洪水だ。

赤、黄、オレンジ、緑、紫色まである。全部ガーネットだ。色合いの濃いもの、淡いもの。そういえばガーネットには、青以外の色は全てあるんだっけ。以前の来店時に彼女が気に入っていた石の他に、新しい仲間も幾つか加わっている。

リチャードの玉手箱には、お客さまのオーダーがない場合でも、いろいろな宝石が収まっているが、ガーネットはかなりの確率でレギュラーメンバー入りしている。種類によってばらつきはあるようだけれど、多分そんなに仕入れにくい石ではなさそうだ。

「わあ……」

「質の良いロードライト・ガーネットが幾つか入りました。デマントイドは前回のものと同様でございます」

一礼すると、山本さんは無言で身を乗り出し、黒いベルベットの布の上の宝石とにらめっこを始めた。占い用のクオーツを探す人のような、峻厳《しゅんげん》荘厳なムードはない。ただ見ている。

じっくり、何も言わず、ものすごく真剣な眼差《まなざ》しで。

リチャードが渡したペンライトで宝石の中を照らしたり、指で感触を確かめたり。

俺はなんとなく、推理小説の探偵を想像した。幾つもの宝石のフェイクの中に、一つだけ依頼人から頼まれた本物の宝石がまじっている。名探偵は見事その正解を選び出さなければならない。真剣勝負だ。馬鹿馬鹿しい。ここは宝石店だし、山本さんはただのお客さまだし、そもそもどの石を選んだって正解だとリチャードならば言うだろう。この男はお客さまに自信を持って売れない石を仕入れたりしない。

殺風景な部屋の中に、沈黙が満ちる。

正直、けっこう、緊張する。

婚約指輪なら、もうちょっと明るいムードで選んでもいいものじゃないだろうか。いやでも、一生に一度のものになる可能性も高いし、真剣に選ぶのも当たり前か。

俺が視線を彷徨《さまよ》わせていることに気づいたのか、山本さんは顔を上げ、あっと呻《うめ》いた。

「あの、私、集中してると無口になるので……気にしないでお好きに喋《しゃべ》ってください」

「いやいや、俺店員ですから。お客さまこそ、どうぞお気になさらず」

「どれがいいのか迷っちゃって……ガーネットもきれいなんですね」

ガーネット『も』？　何だか微妙にひっかかる言い方だ。俺は少し考えてから、にっこり笑うことにした。山本さんはガーネットを見たいと言ってこの店に来たのだから、こんなに迷う必要はないはずだ。あとは誰かがそっと背中を押してあげればいい。

「いやあ、お客さまみたいな人になら、どのガーネットもぴったりだと思いますよ！　まさに山本さまの石って感じじゃないですか」

俺が力いっぱい微笑《ほほえ》むと、山本さんは――途端にぎゅぎゅぎゅっと顔をしかめた。

何で。どうして。俺は救いを求めるようにリチャードのほうを見た。スーツ姿の西洋人形のような男だ。客人の凶相に気づいた店主は、いかがなさいましたかと穏やかに声をかけた。山本さんは引き攣《つ》った顔のまま、リチャードを見た。

何だか、ここで会ったが百年目の仇《かたき》を見つけたような、思い詰めた顔だ。

「……あの、お伺いしたいことがあるんですけど」

不吉な予感に俺がびくりとしても、リチャードは動じず、温和に微笑んだ。

「はい、何なりと」

「美人って、得ですよね……？」

　は？

　俺とリチャードの顔が、一瞬揃った。まとめてタイトルをつけるなら『困惑』だ。この人は一体何を言っているんだろう。ギアの切り替えはリチャードのほうが早かった。そうでございますね、と一拍おいてティーカップをテーブルに置き、首をかしげた。

「私にお尋ねですか？　容貌をお褒めにあずかったのなら光栄でございますが、得か否《いな》かと問われますと、個人的にはそうでもないように思います。ほとんど得はないかと」

　いやあ、それは、さすがに、ないんじゃないだろうか。

　と思ったのは俺だけではなかったようで、山本さんはすごい表情をした。驚愕《きょうがく》でも憎悪でもない。絶望的に悔しそうな顔だった。どうしたんだろう。

「じゃあ……逆のことを質問しますけど、普通の顔のひとと、すごくきれいな顔のひと、どっちのほうが日常生活で損だと思いますか」

「難しい質問でございますね。職務のスキルにしろコミュニケーション能力にしろ、本質的な部分は、容貌とは無関係ではないでしょうか。容貌や人種、性癖などには関係なく、人は一人ひとりが、宝石の一粒一粒のような、かけがえのない存在でございますゆえ」

「人が、宝石……」

大丈夫だろうか。山本さんの声が、どんどん低くこもってゆく。お茶のおかわりいかがですかと、俺は助け船を出すつもりで質問した。ロイヤルミルクティーはアイスもホットもありますよと。山本さんはどよんとした瞳で俺を見た。

「……このお茶、前に来た時にも出してくれましたよね。出来合いの味じゃない気がするんですけど、ここで作ってるんですか？　大変じゃありません？」

「ああ、はい。そこの厨房《ちゅうぼう》で作ってるんです。店長が好きなんですよ」

「美人だとこういう時にも無理が通っちゃうんですよね……」

それは関係ないですよと苦笑いしても、山本さんは聞いてくれなかった。俺が少し肩をすくめると、リチャードが微かに笑った。弾かれたように山本さんは激昂《げきこう》した。

「笑わなくったっていいじゃありませんか！　こっちは真剣に質問してるんですよ！」

「大変申し訳ございませんでした」

「こ、こんな理不尽な怒りに、わざわざ謝らなくていいですから！」

「ご配慮をいただき恐縮でございます」

「……さっきの話に戻りますけど、美人じゃない人間代表として言わせてもらうなら、美人のほうが絶対に得ですよ」

リチャードは無言で頭を下げた。俺も黙っていた。嵐が過ぎ去るのを待つしかない。前回のご来店時の山本さんは、良識のある、静かすぎるほど静かなお姉さんだったが、今は悔しさ収まらずという顔をしていた。でも何に悔しがっているのか全然ぴんとこない。

「……知ってますよ、こういうお店に並ぶ石はほんの一握りで、形や色の優れない石は、同じ石でも工業利用されたり、砕いて絵の具に使われることもあるって。『宝石』以前の存在だってたくさんあるんでしょう。強《し》いて言うなら人間は『宝石』じゃなく『石』じゃありませんか」

「選別の過程のお話でございますか。よくご存じでいらっしゃいますね」

美貌の店主に微笑みかけられると、山本さんはハッとしたように顔を覆ってうつむいた。耳まで赤くなっている。何かの理由で、この人は自分を抑えられなくなっているらしい。でもどうして。そうだ。山本さんの表情がいきなり変わったのは。

俺が彼女を褒めたからだ。

またか。またなのか。俺の迂闊《うかつ》な行動がリチャードを面倒に巻き込むいつものパターンなのか。勘弁してくれ。俺は一体彼女に何を言ってしまったんだろう、思い出せない。自分では無難なことだと思っていたはずだ。確かガーネットが似合うとか何とか、そんな言葉だった気がする。何が悪かったのか見当もつかない。リチャードはとんだとばっちりだ。

麗《うるわ》しい顔立ちを持つ店主は一口お茶を飲んでから、悠々《ゆうゆう》と喋った。

「もちろん、無機物の石と有機物の人間とは、まるで異なる存在です。宝石の枠組みからは外れる石があることも事実ですが、宝石と呼ばれる石にしても、カラット、クオリティ、クラリティなど、さまざまな基準で比べられ、評価され、値札をつけられます。こちらも比較の世界です。ただ私は、いずれも究極の一点ものであり、人に優しく寄り添ってくれるという宝石の特性は、人間によく似ていると思っています。杓子定規《しゃくしじょうぎ》な基準だけにとらわれないのが、宝石と人の『美しさ』の共通点であり、石との対話から、既成概念にとらわれない美の世界を見出すのも、一つの宝石の愛《め》で方かと。そういう意味合いにおいて、私も彼と同じように、ガーネットは山本さまにぴったりのお石であると考えます」

思い出した。そうだ。俺は山本さんに『ガーネットは山本さんの石って感じがする』と言ったのだ。彼女はガーネットを欲しがっているのだから、そう言って背中を押してほしいんじゃないかと思って。

実際のところは、そうでもなかったのだろうか？

山本さんは唇を嚙《か》み締め、拳《こぶし》を戦慄《わなな》かせていたが、意を決したように再び口を開いた。

「ご説明ありがとうございました！　あなたがとってもお話上手な宝石商だってことがよくわかりました！　宝石は人間みたいなもので、ガーネットは私にぴったりの石なんですね。じゃあ私の素性を当ててみてくださいよ！　その理屈でいけば、宝石のことが何でもわかる人は、人間のことも何でもわかるってことじゃありません？」

俺は途方に暮れそうになった。無茶ぶりもいいところだ。どうしよう、人形焼を持ってきたら少しは落ち着くだろうか。甘味大王のリチャードじゃあるまいしそんなに簡単に落ち着くはずもないか。どうしたらいい、と尋ねるように俺はリチャードの様子を窺《うかが》った。

無類の美貌を持つ宝石商は、どこか楽しそうに微笑んでいた。

「山本さまの素性、と仰《おっしゃ》いますと？」

「私がどこの誰さんだとか、何が好きだとか、そういうことです。お話ししてませんよね。それとも値打ちがない石は、最初から鑑定する価値なしで、アウトオブ眼中ですか」

そのようなことは決してとリチャードが言うと、じゃあわかるんじゃありません？　と山本さんは畳《たた》みかけた。しかしこの語調からして、リチャードには勝算がありそうだ。そうですね、と店主は間をもたせた。

「そこまで仰るのであれば、ご無礼を承知で少しだけ。山本さまは植物、とりわけお花にとてもお詳しいのではありませんか？　手先が器用で手芸好き、実家にお住まいのため特に生活に不自由はないものの、最近どうしても許せないことがあって、怒りが抑えきれない——こんなところでいかがでしょうか」

絶句、という言葉が似合う沈黙だった。

こいつはいきなり、何を言っているんだ?

ちょっと頭でも打ったのか、と唖然とする俺の隣で、ソファの上の山本さんが反応していた。目がちょっと潤《うる》んでいる。まさか。図星なのか。ええ?

「……すみませんでしたあ……!」

取り残された俺を差し置いて、山本さんがひれ伏しても、リチャードは涼しい顔で窓の外を見ているだけだった。


外資企業の内勤、だったはずの山本さんは、実際は在来線の駅ビルのフラワーショップに勤めているそうだ。実家住まいで、妹さんとお姉さんが一人ずつ。ご両親は健在で、家族全員、仕事を持っている。

「何でそんな、別の仕事をしてるなんて言ったんですか?」

「正義《せいぎ》。申し訳ございません。詮索するつもりはございませんでした」

「いえ! 謝っていただくようなことじゃ、むしろ私のほうが……でも、何でわかったんですか? うちのお客さま……じゃないですよね」

「種明かしをさせていただくのなら、一つは香りです。瑞々《みずみず》しい切り花の香りは、香水とは異なります。命そのものの香りと申しましょうか、山本さまからはいつも花の香りがいたしました。二つ目は、不躾《ぶしつけ》ですが手の様子です。冬ならばともかく、この時期にあかぎれを作っている方は、水仕事をなさる方である場合が多いので」

　そういえば確かに、花屋に入ると何とも言えない花屋のにおいがする。あれは草花の香りだったのか。手芸の趣味は鞄についている編みぐるみのマスコットから、手先が器用なのは手作りである可能性が高そうだったから、とリチャードは補足した。こいつの目にかかると、みんな個人情報をまき散らしながら生活しているも同然なのかもしれない。

「……それじゃ、あの、実家のことは？」

「勘と統計です。現代日本において山本さまほどのお年頃の女性は、実家住まいも珍しくないとのことでしたので。出すぎた言葉の数々、ご容赦《ようしゃ》くださいませ」

　最後の一つは俺にも何となくわかる。前回のご来店の時、山本さんは前のお客さまが置いていった新聞を見て、うちもこれをとってますと言ったのだ。独り暮らしで新聞をとっている人は少数派だ。かなりの高確率で実家住まいだろう。

　挑発した相手から倍返しを喰《く》らった格好の山本さんは、涙目で恐縮していたが、おかげで幾らか落ち着いたらしい。そのままの顔でちらりと俺を見た。

「……あの、ここって実は探偵事務所なんでしょうか」

「まさか。いたって堅気の宝石店ですよ。まあ、店長はやたら美人ですけど」

今度もまた一言多かったらしい。リチャードは目を三角にした。俺が窘《たしな》められる前に、山本さんは嘆息し、ぼそりと喋った。

「美人かあ……私の名前、山本ミトっていうんですけど……漢字が独特で」

「へえー！　どんな字なんですか？　俺、中田《なかた》正義っていうんですけど、本当に『正義の味方』の正義なんですよ、面白いでしょ。山本さんは？」

「美人って書いて美人《みと》なんです！　自分の子どもに『美人』なんて名づけるなんて、宝くじに当たる前に二億円分買い物するようなものだと思いませんか！　冗談じゃないです」

山本さんは絶叫し、俺は一・五歩後ずさりした。そこからは早かった。山本さんは放っておくとずっと喋ってくれるタイプの人だった。

聞くに、山本さんは短大卒業後、フラワーショップに勤め始めたという。そして恋人と出会い七年間交際、そしてめでたくこの五月、ふられたそうだ。軽妙な語り口に俺はのまれた。

「悔しいったらないんです。あいつ私より若くてきれいな女の子を見つけて『じゃそういうことだから』って！　お互いもうときめきとか一切ない淀《よど》んだ空気みたいな存在になってましたから、悲しさはないですけど、悔しいんです。ライバルに先を越された心境なんです。私は一体何をしてるんだろうって。高校生でもあるまいし、取り返せるような歳《とし》でもないのに……」

俺は脳内で指を折った。短大を卒業して七年だから、山本さんは二十七歳くらいということか。俺の母親が中田さんと再婚したのは三十なんかとっくに過ぎてからだったし、二十代はまだ十分若いと思うのだけれど、彼女の基準ではそうでもないらしい。

「だから、ガーネットを買うことにしたんです。私、一月生まれなので。誕生石ですよね。もう一生誰も私に宝石のついた指輪なんてくれないと思うので、自分で自分に」

リチャードは伏し目がちにゆっくりと頷いた。優雅という表現がよく似合う所作だ。

「どのような道のりを経てのご決断であれ、何かをすると決める行為は尊いものです」

「ありがとうございます」

山本さんは頭を下げた。先生と生徒のようだ。ですが、とリチャードは言葉を継いだ。

「宝石は、ともすると恋人以上に長く付き合う相手になるものです。もちろんここは私の宝石店ですので、どのお品物も自信をもって薦めるものばかりではございますが、『選ぶ』以前に『買う』という気持ちが先走っている時には、少々お時間を置くのもよいのではと」

やっぱりだ。こいつは幾らでも出すから買うというタイプの相手には宝石を売りたがらない。大事にしてくれない相手にはペットを渡さないブリーダーのようだ。何故《なぜ》なのかと尋ねたら、石が人を幸せにしてくれるとは限らないからと言われた。その人が自分の望みの方向性をはき違えているような時には、危ない橋に手を引いてしまうようなこともあるからと。物騒なたとえだ。

山本さんはまたしても、『美人は得』と言い始めた時と同じ、悔しそうな顔をしたあと、恥じ入ったように目を伏せた。

「……すみません。つまらないことにこだわってるのは百も承知なんですけど、やっぱりそういう……余裕があるのは、美人だからこそだなあって思います……」

山本さんは、リチャードには自分の気持ちはわからないと言いたいようだ。歴戦の宝石商は微笑むばかりだった。こういうのが『余裕がある』ということだろうか？　でもこれは、単純に商売上の慣れだけの話ではない気がする。この顔で生きてきた以上、こういう理不尽な恨み言に、こいつは否応なく慣れるしかなかったんじゃないだろうか。

リチャードは礼儀正しく会釈して、話題の転換を図った。

「ところで先ほど、ガーネットを一月の誕生石と仰いましたが、山本さまは既にガーネットにお詳しくていらっしゃるのですね」

「誕生石だから少し知ってるだけです。宝石言葉、『努力』と『忍耐』なんですよね」

山本さんは笑っていたが、口調は何だか、くさすようだった。

「小さい頃、宝石屋さんのちらしがポストに入ってると嬉《うれ》しかったんですよ。宝石のところだけまあるく切り抜いてコレクションしてました。きれいだったな。自分の誕生石を知ったのは中学くらいの時でしたけど、あんまり嬉しくなかったなあ。ガーネットって、ダイヤやルビーほどピンとこないじゃないですか。違います？」

「お人による話かと。一口に宝石と申しましても、さまざまな種類がございます」

「それです。格差社会ですよ。値段にまで目がいく歳になると、ガーネットってそんなに高い石じゃないっていうのもわかってくるし」

「それでもガーネットをお買い求めになられたのは、何故です？」

確かに、太っ腹な婚約者がいると偽《いつわ》ることと、四月生まれだからダイヤを見せてと言うことの間に、それほどの違いがあるとは思えない。だが山本さんは、でも私は一月生まれですからと苦笑いで繰り返した。彼女にとっては、そこは偽れないポイントらしい。

「それに、調べたら本物を見てみたくなったんです。ガーネットって面白い石ですよね。柘榴《ざくろ》石って和名だから、赤い石ばっかりなのかと思ったら黄色いのもあるし、デマントイド・ガーネットなんて緑色のもあるし。でもアルマンダイン・ガーネットもパイロープ・ガーネットも、似たような赤なのに名前は違うし、もう何が何だか」

「ガーネットは石の微妙な組成の違いによって名称が変わります。ほとんど鉱物学の話ですね。見た目ではわからないので、施設で検査をして初めて、どのガーネットかわかるような場合もございます。あくまで鑑賞して楽しむ場合には、それほど細かく区別する必要はないかと。それにしても、山本さまは玄人《くろうと》はだしにお詳しいですよ」

「ありがとうございます。でもほんと、気を遣っていただかなくていいですから……」

リチャードは苦笑いした。山本さんに同じことを言いたい様子だ。山本さんは褒められるのが苦手に見えた。ガーネットと他の石の『格差』のように、いつも自分を、上の誰かと比べているような。リチャードの美貌に、おびえているような。

「……正直な話、宝石の話より、美人で得だったことと損だったことを教えてほしいです。こんな人と会う機会、滅多にないし、失礼じゃなければ……どっちのほうが多いですか?」

「圧倒的に後者です」

即答だった。ああこれは、来るか。弁舌さわやかな毒舌のリチャード氏が。

「何より悲しいのは、同じ人間と思われないことです。ハイスクールを卒業する時に『一度でいいからお前と話してみたかった』と言われたことがありますが、面白くない話です。そんなことを言うなら何故声をかけてくださらないのか」

「無理ですよ、ハードル高すぎますって」

「ですから、損です」

はっきりとした言葉だった。山本さんの顔を正面から眺めながら、リチャードは言葉を紡《つむ》いだ。美しい笑顔だったが、青い目のあたりに少し、哀しげな色合いが漂ってる。

「話してみたかった理由にせよ、珍しい顔の持ち主と喋ってみたかったという程度の意味合いであれば、それは動物園でオカピを見たかったという好奇心と大差ありません。あまりにも著《いちじる》しい外見的特徴は、時には人付き合いを阻害します」

「じゃ、あの……本当に、損ですか。損ばっかりですか」

リチャードは微笑むばかりだった。山本さんは力なく笑って、膝《ひざ》の上に視線を落とした。

「それでも私は……私だったら……美人に生まれるほうがいいな」

俺は何だか気まずくなって、厨房に駆け込んだ。歌舞伎座謹製《きんせい》の人形焼がまだ残っている。七福神の形の中に、あんこがたっぷり入った純和風の焼き菓子は、丸っこい見かけも甘みも優しい風合いをしている。山本さんはガーネットを『審美』しながら、人形焼を三つ食べ、今度で決めますと申し訳なさそうな顔をして出て行った。次の来店予定日は日曜日の午前中である。

「なあリチャード、損ばっかりって言ってたけど、本当か……？」

「たとえばの話ですが、道を歩いている途中、いきなり初対面の老紳士に『私の遺産を受け取ってくれないか』と泣きつかれたとして、あなたならどうしますか」

強烈なパンチだ。漫画の登場人物が、次ページで億万長者になっている理由の説明だったら、ちょっと面白い。でも現実に自分がそんな役回りをするとなったら、困る。いやそんな生易しいもんじゃない。嫌だ。

「……怖いな……美しさが、何かと交換可能な価値だと思われてるのが、怖い」

「そういうことです。『美』などという曖昧《あいまい》なものに惹《ひ》かれてふらふらと寄ってくる馬鹿者、愚《おろ》か者、うつけもの、有象無象《うぞうむぞう》、魑魅魍魎《ちみもうりょう》のなんと多いことか。くだらない」

わかってはいる。いつかの終業後、片づけで遅くなったのでこいつと近くの店で食事をしていたら、遠くの席の誰かが、勘定を持つから一緒に食べようと誘ってきたのだ。まだ俺はカレーを食べている途中だったが、リチャードに促されるままさっさと店を出た。一生に一度あるかないかの変なことに遭遇したとしか、その時には思わなかった。あとになって思ったのは、『変なこと』に対応するリチャードが、少しも動じていなかったということだ。俺にはほぼ一生無縁のトラブルでも、こいつにはそうでもないのだろう。

嫌な話だ。本当に、嫌な話だ。小学校の同級生に、お前のばあちゃんやくざと言われるのと同じくらい嫌な話だ。やくざじゃない。伝説の掏摸《すり》だ。それでも。

「……なあ、慰めるつもりは全然ないし、気を悪くさせるかもしれないけど」

「何を言おうとしているのか大体想像はつきますよ」

言うなってことか。俺が口をつぐむと、リチャードは涼しい顔をして、どうぞと手で促した。言っていいらしい。

「俺は、お前の顔見てると、いい気分になるよ。元気が出るし、感動する」

「それはそれは、ありがとうございます」

「いや、どうもこちらこそ……」

「では私の美しさとやらは、私の周囲に幸福をもたらすのかもしれませんね」

極限まで皮肉っぽい口調だった。やっぱりこういう話題はよくない。俺は気まずいのは嫌いだ。自分の力ではどうしようもないことをとやかく言うのも、言われるのも苦手だ。

「ロイヤルミルクティーいれるか。あんこに紅茶って意外と合うんだなあ。和菓子には緑茶がワンアンドオンリーって思ってたから、何だか今まで損してた気分だよ」

「ワンアンドオンリーねえ。その言葉の意味を知っていますか」

「……唯一無二、じゃないのか？」

「その通りですが、『最愛の相手』という意味でもあります」

最愛の相手。恋人か。

改めて山本さんのことを考えると、気分が沈む。別れても悲しくなかったなんて言っていたけど、俺だったら相当へこむ。でも、どうしてそこから一足飛びで「一生自分には誰も指輪をくれないから自分に買う」になるんだろう？　今話題のおひとりさま婚とかだろうか？　欲しいものを自力で買うという心構えそのものはわからなくもないけれど、指輪に加工するつもりなら何万円もかかってしまうし、本当に金に糸目をつけずに石を選ぶなら、キラキラ輝く若葉色のデマントイド・ガーネットは三十万円以上する。使うのは一瞬でも出費の痛みはじわじわくる。しかもそのきっかけが、誰かにふられたことだったら。

そんな宝石、ほとぼりが冷めた頃には見るのも嫌になってしまわないだろうか。

「……………リチャード、あの人に本当にガーネットを売るのか？」

「私は宝石商ですよ。お客さまの必要とするものを、必要な時にご案内するのが仕事です」

だがそれは、宝石がお客さんを不幸にしないとこいつが確信している時だけの話だ。今までの仕事を見ていればわかる。山本さんはそんなに問題ないってことなんだろうか？

リチャードが片づけてしまう前に、俺は玉手箱を覗《のぞ》きこんだ。赤い宝石、緑の宝石、べっこう飴《あめ》のような橙《だいだい》色の宝石。全部ガーネットだという。俄《にわか》には信じがたい。

「赤いのが、アルマンダイン・ガーネット……？」

「ええ。いわゆる柘榴の色です。安定して多く産出するため、割合お手頃です」

「このオレンジ色は？」

「マンダリン・ガーネット。スペサルティン・ガーネットの仲間です。他にもツァポライト、ヘソナイトなどの名前で呼ばれる石も、分類的には全て『ガーネット』です。ガーネットといえば、比較的安価な石と思われがちですので、珍しい色の石が出た時には、イメージを刷新するため新種の宝石のような名前をつけることもあります」
「混乱しないか？　お客さんには細かく考えなくていいって言っても、お前はそうもいかないだろ」

「もちろん慣れればわかりますよ。八丁味噌《みそ》、白味噌、赤味噌、色や風合いは違っても、いずれも『味噌』でしょう。和食文化に縁のない人間であれば、どれがどれやらと思うでしょうが、慣れれば判別できます」

そんなものなんだろうか。

ガーネットが柘榴石の名前で呼ばれるようになった理由は、赤いアルマンダイン・ガーネットだという。十九世紀のヨーロッパでは、宝石といえばガーネットというくらい流行した石だそうだが、最近では緑色のほうが人気があるという。ブラジル、マダガスカル、ロシア、チェコ、スロヴァキア、あちこちでとれる。鑑別機関がない時代には、赤繋がりでルビーと混同されたそうで、アンティークジュエリーの『ルビー』は、ガーネットだったりスピネルだったりすることもあるという。価格の違いを思えば、何とも残念な話だ。

山本さんがガーネットを、ちょっとがっかりな石と言っていたのは、こういう事情を知ってのことだったんだろうか。

「……リチャード、女性ってみんな自分の誕生石を知ってるものかな？　すごく関心のある人でもなきゃ知らない気がするけど」

「少なくともあなたが思っている以上に女性は、宝石に関心があるものですよ。星座のようなものです。試しにあなたのガールフレンドに尋ねてみたらいかがですか」

「谷本《たにもと》さんを基準にしちゃ駄目だろ、全部言えるに決まってるよ。なんたって昔は鉱物岩石同好会の会長で……いやいやガールフレンドじゃないぞ！　違うからな。今はまだ」

「左様《さよう》ですか」

　なってほしい人でしたね、とリチャードは律儀に訂正してくれた。わかってるならそういうことを言うんじゃない。俺は繊細なんだ。彼女は四月生まれだから、誕生石はダイヤモンドだ。繊細なかすみそうみたいな可愛《かわい》らしさの漂う彼女に、キラキラ輝くダイヤはきっと似合うだろう。メレダイヤをたくさんあしらったピンクゴールドのリングなんかどうだろう。今の俺の貯蓄では、夢どころか幻想、妄想の類《たぐい》でしかないけれど。

「……もらえないから自分で買うって、よっぽど指輪が欲しかったのかなあ」

「さあ、どうでしょう？　正義、石を金庫に片づけます。その間にお茶をお願いします」

「へーい」

気遣いはするが、余計な深入りはしない。それがリチャードの流儀だ。俺はこれがなかなかできなくて、時々とんでもないトラブルに巻き込まれる。不特定多数に安くはないものを商《あきな》っているのだし、公私のけじめをつけるのは大事なことだろう。

このまま何事もなく、山本さんのガーネット選びが終わりますようにと、俺は本日二杯目のロイヤルミルクティーをいれながら思っていた。

次の土曜日。リフォーム会社の作業員さんたちは二階の俺たちにも頭を下げに来た。一時半に店を閉めるため、リチャードと俺が帰り支度をしていると。

リフォーム会社のツナギと入れ違いに、ジーンズとサマーセーター姿の女性が、猛然と階段を駆けあがってきた。髪をふり乱した山本さんだ。

「あの！　予約はしていないんですけど！　石を見せてもらってもいいでしょうか！」

「わっちゃー、すみません。今日これから下でエアコンの工事なんですよ」

だからもう閉店で、と俺が伝えると、山本さんは階段にへなへなと座り込んでしまった。大丈夫か。手すりはあるが急勾配だ。俺が慌てて背中を支えると、山本さんはずずっとはなをすすった。

「すみません……どうしてあたしっていつもこう……！」

山本さんはへたりこんだまま泣き出してしまった。何があったか知らないが、相当ショックを受けているらしい。うう、ううう、と奥歯を嚙み締めながら嗚咽《おえつ》を漏《も》らす。

どうしよう、と俺が振り返ると、あとから店を施錠して出てきたリチャードは、小さく咳《せき》払いした。手には大きな黒いキャリーケースを持っている。金庫の宝石が全部詰まっている鞄だ。山本さんは顔を上げ、気まずそうに顔を引き攣らせ、涙を拭《ぬぐ》った。

笑みを浮かべたリチャードは、よろしければ少し落ち着くまでお茶でもいかがですかと山本さんを誘った。山本さんは目を見開いたあと、視線をさまよわせ、最後はすがりつくように俺を見た。ついてきてほしいらしい。気持ちはわかる。リチャードほどの美人と差し向かいなんて、俺だって慣れてもまだ緊張する。どこまでもついていきます。

中央《ちゆうおう》通りの喫茶店の奥の座席に落ち着くと、山本さんは堰《せき》を切ったように語りだした。お母さんとお姉さんと妹に、自分で自分に指輪を買おうとしていることがバレたという。店のパンフレットにあれこれ書き込みしているところを見つかったそうだ。破局したことも黙っていた山本さんは、女三人から集中砲火を受け、果ては『あんたバカじゃないの』と罵《ののし》られ、堪《たま》らず家を飛び出したという。今日は仕事はお休みだそうだ。

「私、悔しくって悔しくって……確かに自分でも、馬鹿ってわかってますけど……！」

山本さんは顔を覆った。子どもっぽいことをしているのは、彼女も百も承知らしい。

「……もう放っておいてよって叫びたいです。家族の中では私が一番できの悪い顔してるし、どうせ私は死ぬまで一人で寂しく生きていくんだし。覚悟は決めてますから！」

俺たちの一角だけ異様な雰囲気になった喫茶店で、山本さんは紅茶を飲んでいた。俺はオレンジジュース、リチャードはミネラルウォーター。土曜日の銀座、昼下がりの優雅な雰囲気には似つかわしくない声で、山本さんは連綿と謝罪した。

「本当に、申し訳ないです、情けないにもほどがあります。明日このお店に来るまで、何をして過ごせばいいかわからなくなっちゃって、気がついたら……すみません……」

「いいえ、明日も店は開いてますから。なあリチャード」

店主は頷くだけで、黙って水を飲んでいた。表情は例の温和な微笑である。金色の髪は柔らかな日差しを受けて、金糸の織物のようにきらきらと輝いている。テーブルに人間が二人、天使が一人座っているような気がする。いつでもどこでもこの顔のせいで、こいつの周りだけ異空間だ。もういい。俺がどうにかする。

「あー……その、うまく言えませんけど、そんなに気を落とさないで！　いいことありますよ！　いい男なんか星の数ほどいるんですから！」

正義、という低い声は聞こえなかったが、剣呑《けんのん》な眼差しを店主から受けて、俺は口を閉ざした。山本さんはどんよりした目で、口には半笑いを浮かべていた。

「私、自分の商品価値は、一応わかってるつもりなので……世界中にもっといい人がたくさんいるのは知ってますけど、そういう人が欲しがるのが私じゃないことも知ってます」

水を飲むだけで店中の視線を集めていた男が、不意に山本さんを見た。笑っていない。

「山本さまにお尋ねしたいのですが、ガーネットをお買い上げになると決められた時、どんなお気持ちでいらっしゃいましたか」

「気持ち？　気持ちは…………諦めてました」

「諦めるとは、何を？」

「私はダイヤでもルビーでもないってことです」

山本さんはまた、笑った。この人がどういう時に笑うのかやっとわかった。諦めている時だ。どうしようもない諦めろと自分に言い聞かせる時に、この人は悔しそうに笑う。リチャードは荒《すさ》んだ笑顔に、極上の微笑みを返した。少し怖い。何を言うつもりだろう。

「店外でまでこのようなお話をするのは無粋かもしれませんが、ガーネットという宝石のことを想う時、私は古代ローマに思いを馳《は》せます。古代の文化はご存じですか？」

「えっと、ローマは……『ローマの休日』くらいしかわからないです」

左様ですかと頷いたリチャードは、お忍びのプリンセスでも顔を赤らめそうな微笑みを浮かべ、水の入ったグラスを置いた。ギアチェンジだ。セールストークの本気モードか。

「赤いガーネットは、古代ローマにおいて特別な愛され方をしていた宝石です。ただ美しさを愛でられていただけではございません。あれは戦士たちの護符でした」

「ごふ……？　お守りとか、タリスマンってものですか？」

リチャードはその通りですと頷いた。山本さんが黙っているうちに、リチャードは言いたいことをどんどん続けてゆく。もはやお家芸のようだ。

「これほど古いお品物になりますすと、宝石商ではなく博物館や古美術商の扱う領域ですが、古くは帝政のごく初期から、ガーネットのはまった金の指輪が出土しています。当時はまだ、宝石をカットして光を反射させる技術はありませんでしたが、カメオと呼ばれる装飾彫りの技法は発達していました。石を細い針で削り、絵を描くのです。多くはローマ神話の神々の絵で、勝利や、無事の帰還を祈願したものであったと言われています。あの指輪を見る時私の胸に去来《きょらい》するのは、二千年前も今も変わらない人の心です。すなわち『勝ちたい』という思いです。『生きぬきたい』という強い念です」

「念！」

「はい。美しい宝石ですが、宝石を愛でるには生活の余裕が不可欠です。そして生活の余裕を保証してくれるのは日々の平穏ですが、平穏を維持するためには戦わねばならないのがローマ、ひいては私たちの生きる社会のありかたです。生きることは戦いですから」

「……戦いですか」

「戦いですよ」

リチャードはどこか不敵に微笑んだ。

こいつが喋り始めてから、急に店が静かになった。日常的に耳目《じもく》を集め慣れている店主は特に気にせず、古典劇の台詞《せりふ》のように、言葉を続けた。

「生花を扱うお店で働いておいでならば、イメージも容易かと思いますが、いつ、どれだけの花を仕入れ、売りさばくかというタイミングを見誤れば、お店には大損害が及ぶのではありませんか？」

「え？　そうですね、母の日でもないのに大量のカーネーションを仕入れたら赤字だし」

「おおよそ宝石の世界も、それと同じです」

え？

リチャードの声に目を見張ったのは俺だけではなかった。山本さんも、怪訝《けげん》な顔でリチャードを見ている。美貌の男は淡々と語った。

「お客さまの手元に宝石が届くまでの間には、無数の工程があります。鉱山管理者や鉱山労働者に始まり、現地で石を売りさばく人間、買い付けなどの仲介業、卸《おろしう》売りをする会社、小売りをする業者、枚挙に暇《いとま》がありません。石がどのタイミングで出るのか、出なくなるのか、今現在の人気はどうか、相場はいかほどか、あぶれてはいないか。タイミングを見誤れば大損害を被《こうむ》ります。無論相手を騙《だま》して利益を得ようとする商人も珍しくありません。憂き目を見ても泣くしかないこともあります。もちろん宝石は生花やケーキのような『足の早さ』はありませんが、需要と供給は常に変動しています。気は抜けません」

俺も山本さんも、黙り込んでリチャードを見ていた。

初めて聞く。こいつの『仕事』の話だ。

俺が見ているリチャードという男は、銀座の店で菓子を食いロイヤルミルクティーを飲んでいる優雅なスーツの男だ。でもそれは土日だけの顔だ。他の日は、宝石の入った大きなキャリーバッグを引きずって、日本、あるいは世界のあちこちを駆けまわっている。宝石などという、水や食料ほど、みんなが欲しがるわけでもない商品を抱えて。

安定した仕事とは、お世辞にも言えないだろう。

山本さんはごくりと唾《つば》をのみ、リチャードに問いかけた。

「……宝石商は、戦いなんですね」

「働くことは生きることです。そして生きることは戦いです。人付き合いもそうではありませんか？　たとえば生存戦略として、生涯の伴侶《はんりょ》を求めるような時ですら、敵対者が現れれば戦うしかありません」

「……相手が若い美人だったりすると、戦う前から負けてる感じばりばりですけどね……」

「若さや美しさは確かに強力な武器ですが、いずれも無数の魅力のうちの一つにすぎません。ボクシングの試合にたとえるならば、よい記録の書かれたスコアシートのようなものでしょうが、人徳や人柄、話術、その人の醸《かも》す雰囲気、交友関係や趣味にいたるまで、ポイント源は他にも無数にあります。第一印象で勝てないと思った格上の相手でも、実際に殴ってみればただのサンドバッグということも珍しくありません。何より難しいのは、戦いを恐れる自分自身を戒《いまし》めることです。そういう時に助けになるのは、美貌ではなく『努力』や『忍耐』であると私は信じています。もちろん戦わないのもその人の自由でしょう。ですが私は、あなたは大地に根を張って戦う、戦士であるようにお見受けします」

戦士。

山本さんは絶句していた。

冷静に考えれば、かなり変化球だ。勝手な想像だが、戦士と言われて喜ぶ女性は、日本に限らず世界中そんなに多くはないだろう。お嬢さまとか、お姫さまとか呼ばれるほうが、幾らか喜んでもらえるんじゃないだろうか。

でも、もし俺が山本さんの立場だったら、ありがとうと言ってリチャードに握手くらいは求めている気がする。

リチャードは戦っている男だから、彼に同じ土俵《どひょう》に立っていると言われたようなものだ。山本さんは困惑しているようだったが、嫌がっているようには見えなかった。悔しそうな表情も封印されている。

「何で私が、戦士ですか……？　働いてるから？」

「あなたがガーネットをお求めになっていらしたからです。他の石ではなく、あなたの誕生石を。熱意をもって己のありかたを問い直しておいでの証《あかし》です。鉄を鍛え直すようなものでしょう。生易しいことではありません。あなたは自分がダイヤでもルビーでもないと言いながら、そこから決して逃げようとはしていない。戦う意志あってこそです」

リチャードは控えめに微笑むと、山本さんはちょっと困ったような顔ではにかんだ。

「……中学とか、高校生の時くらいに、こういう先生に会いたかったな。ありがとうございます。ほんと、すみません。お見苦しい限りで……」

「ご自分のありかたを見苦しいと思うか、チャーミングと主張するかも、あなた次第では？」

「さ、さすがにそれは無理ですね……！」

リラックスして笑っている山本さんの後ろから、新しいお客さんが入ってきた。男女の二人連れだ。彼女の後ろを通ってゆく時、二人ともかなり無遠慮にリチャードの顔をじろじろ眺めていった。何だよと俺が軽く視線を向けると、二人は店の奥の席に腰を下ろした。リチャードの後方だ。

　途端、山本さんの表情が、またしてもぎゅぎゅぎゅぎゅっと歪んだ。今度はどうしたんだ。俺が首をかしげ、振り向こうとすると、山本さんは慌てて俺を止めた。

「やめてください、やめてください……！」

「今入ってきた人たちがどうかしたんですか」

「あれが……！」

　別れた彼氏なんです、と彼女が言うまでには、かなりのだんまりの時間が必要だった。何てこった。店のチョイスを間違えたらしい。ということは男の伴っているお連れさまが、新しくできたという『若くて可愛い彼女』か。

　俺は首をなるべく動かさないように奥の席を見た。少し崩れた着こなしの、二枚目半の顔立ちの男性。三十路《みそじ》くらいだろうか。隣にいる年下とおぼしき黒髪の女性は、渋谷《しぶや》っぽいカジュアルを可愛く着こなしている。表情は一律、怖いほどの笑顔だ。

　もともとそれほど広い店ではない。カップルの話し声が俺の耳には突き刺さるように聞こえた。主に喋っているのは男のほうで、話題は主に、いかに君が好きかということを恋々《れんれん》と訴えかける甘いトークなのだが、その言葉の端々に『比較対象』の存在がちらつく。

お前は可愛いよな、そういう女の子ばっかりじゃないよ。お前はほんとに素直でいい子だな、根性曲がった奴もいるのにさ。お前が傍《そば》にいてくれてよかった、別れて正解だったよ、などなど。昔の彼女をいちいち貶《けな》しながら、今の彼女を立てている。何なんだこれは。にこにこしながらええーそうかなーしか言わない彼女さんには、そんな褒め方されても全然嬉しくないと、きっぱり言ってやってほしい。

山本さんは虚《うつ》ろな目をして、半笑いを浮かべている。殴りに行く気配はない。ただ呆《あき》れている。何でもいいから何か話して場をごまかしたかったが、いかんせんテーブルの空気が葬式のようで声も出せない。

もう店を出ないかと、俺はリチャードの様子を窺った。宝石商は、まるで何も聞こえないと言わんばかりの超然とした顔で、ミネラルウォーターを飲んでいる。

一方的な男のトークが止まったあと、初めて女性のほうが喋った。

「あのね、楽しかったけど、そろそろ切り上げない？」

「え？　あー、そうだね」

次のお店に行く？　と男は問いかけた。そうだ、それがいい。なんならデートを切り上げてくれてもいい。

しかしそのあとの言葉は、俺の予想を軽く超えていった。

「そうじゃなくて、そろそろ私たち、友達に戻ろうよ」

えっ、という声は、山本さんの元彼のものだった。俺の心の声じゃない。困惑したまま硬直している男に、可愛い彼女さんはにこやかに微笑みかけていた。

「二カ月くらい恋人お試し期間してたけど、やっぱり合わないかなあって」

だからこれでおしまい、という彼女の声は、アイドルのように愛らしかった。男の顔はどんどん土気色になってゆく。もう遠慮なく俺は首を巡らせて彼の姿を見ていたが、こちらに気づく余裕はないだろう。

「お……お試し期間って……？」

「え？　私最初に言ったよ？　いい人だから一緒に遊びたいな、でもずっと一緒にいられるかどうかはわかんないから試さなきゃな、って」

「だ、だから彼女と別れて！」

「あなたの問題じゃなくて私の問題なの、ごめんごめん。これからもいい友達でいようね」

「これからもって！　お……お前っ、ちょっ、それはないだろ！」

「それからね、女の子を『お前』って呼ぶの、すっごいおじさんぽいからやめたほうがいいよ。じゃあ私これからデートだから、またねー」

ばいばーい、と手を振って、彼女さんはぴょんぴょん跳びはねるように店から出て行った。男は慌てて追いかけたが、途中で別の席の人にぶつかって謝っている間に、彼女は姿を消してしまった。レジの前で、お勘定がまだですと引き止められている。慌てて払って追っていったが、追いつけるかどうか。

白昼夢を見たように呆然《ぼうぜん》としている俺と山本さんの前で、リチャードはもう一口、ミネラルウォーターを飲んだ。

「……今のは、ヤラセじゃないんですよね？　ほ、ほんとに……？」

山本さんの口調は困惑が三割、残りの七割は不思議なことに悲しそうだった。

「山本さん、大丈夫ですか？」

「だ、大丈夫じゃ……ないです……」

山本さんの反応は激しかった。目を大きく見開いて、ナプキンで目元を拭う。本当に泣いている。同情しているのか。あの男に。俺が言えた立場じゃないが、あんな男に。

山本さんは首を横に振った。

「い、今のあいつ……まるっきり、ふられた時の、私みたいだった……！」

ああ、そうか。彼女は今の彼に、昔の自分を見てしまったらしい。うわあ、うわあと繰り返しながら、彼女は涙を拭っていた。軽く咳《せ》き込むと、今度は顔を上げた。

「あいつ、すっごいバカだなあ……！」

「私もそう思います」

リチャードはすかさず無慈悲な相槌《あいづち》をうった。山本さんは苦々しい顔で涙を拭った。

「あいつ、一緒にいる相手のこと、新しいアクセサリーくらいにしか思ってなかった……」

うわあ、と彼女はまた繰り返した。彼氏を嘲笑《あざわら》っているのではない。鏡を覗いたら、思っていたよりくたびれた顔がうつっていて呆れたような、そんな声だ。

「私……自分を、美人じゃないなって思ったことは、もう死にたいくらいありましたけど……こんなにバカだって思ったのは、初めてです」

あの人と何年も付き合ってたからですかと、俺はうっかり尋ねてしまったが、山本さんは苦笑いして、また首を横に振った。

「同じなんです。私もあいつみたいなものだったんです。自分は美人でも可愛くもないから、ちょっと困った男でも我慢しなきゃって思ったこと、何度もあったんです。でも私の容姿とか歳と、男が私を軽く扱うのって、よく考えると関係ないですよね？　クオリティの比べっこじゃあるまいし、なのに『諦めなきゃ』『仕方ない』って、ずっと思ってて……それって付き合ってる相手を、人間じゃなくて、ものとして品定めして、扱い方を決めてるってことじゃないですか。最低すぎます。私……バカだなあ……」

山本さんは笑いながら泣いていた。バカだなあ、と繰り返す声は、何故か嬉しそうだ。

「でも、『別れて正解だった』ってところは、あいつに共感してますけどね！」

リチャードは満足げに微笑んで、山本さんに深く一礼した。

随分《ずいぶん》長く居座ってしまったので、俺たちも解散することになった。店に押しかけてきた時には狼狽《ろうばい》しきっていた山本さんも、今は気を持ち直したようで、明るい表情をしている。

店を出ると山本さんは、俺たちにお辞儀をし、リチャードに向き直った。

「いろいろありがとうございました。性根を据えて、『戦う人』を目指します」

「山本さまの健闘と、ご武運をお祈りしております」

相変わらずの少し困った顔をしながら、でもどこか吹っ切れたような顔で笑いながら、彼女は俺たちにしきりとお辞儀をして去っていった。

「あのさあ」

「私の名前は『あのさあ』ではありません」

「悪い悪い。なあリチャード、俺、女性の顔云々《うんぬん》の基準ってよくわからないんだけど、あの人って店で黙り込んでる時より、楽しそうに喋ってる時のほうが、三割増しくらいで美人に見える……よな？」

「女性の美についてあれこれ言い連ねるのは、火薬庫で花火をうちあげる以上の愚行です。美の基準は人それぞれですよ」

それはそうだと思うけれど。経済学部で公務員を目指しつつ、リチャードの店でバイトする『戦士見習い』のようなものとして、俺は彼女に一言言っておきたかった。

きっと自分で思っているほど、似合っていない名前じゃないですよと。

リチャードと別れて、新橋駅《しんばし》から山手線《やまのて》に乗った頃、俺は山本さんにそんなことを言わずに済んだことを神さまに感謝した。言わなくてよかった。セクハラか。何様だ。そもそも何で上から目線なんだ。安堵《あんど》しながら一つ気づいた。

きれいとか美しいとかいう言葉は、確かに褒め言葉だが同時に評価の言葉だ。評価する者される者という、立場の違いがどうしてもつきまとう。言ったもん勝ちだ。放言、一歩間違えれば暴言に近い。俺はそんなこと全然、これっぽっちも考えず、リチャードに美しい美しいと連呼してしまっていた。あいつは本当にきれいだから。

思いたったが吉日と、俺は日ごろの無礼のお詫《わ》びもかねてリチャードにメールした。返事は三時間後に来た。一言。『慣れました』。

面目次第もない。そのうち珍しい菓子でも買っていくことにしよう。

土曜日、十一時の開店時間からすぐの頃合い、珍しくリチャードの店に宅配便が届いた。品名は『植物』。植物？　スイーツ詰め合わせじゃなく？

「お前、どこで何買ったんだよ」

「差出人名をよく見てください」

俺はピンクの伝票をまじまじと見つめた。住所は東京、差出人は山本美人。覚えやすい名前でよかった。厳重な梱包《こんぽう》をほどくと鉢植えが出てきた。細長い葉っぱが、背の低い茶色い木から生えている。観葉植物か。メッセージカードもついている。

「うわ、これ柘榴の木らしいぞ！　すごいな。室内でも世話できるのかな？」

「差し詰めそちらのカードには『石は買わないことにしました、すみません』とでも書いてありましたか」

さすがは百戦錬磨の宝石商、大正解である。メッセージカードは、花屋さんがサービスでつけてくれるような一言用の小さいものだったが、封筒にはぎっちり五枚入っていた。山本さんのものとおぼしきボールペンの字で、丁寧なおもてなしで宝石の数々を見せてくれたことへの感謝、喫茶店での一件に関するお詫び、そしてやっぱり考え直して買うのはやめましたという率直な一言が綴《つづ》られている。山本さんらしい。

今の自分にはまだ、寄り添ってくれるものとして、宝石を扱える自信がないからと。『まだ』というところがミソだ。そのうちまた買いに来てくれるといいのだが。

「仕方ないか。指輪にしたら大金がとぶもんな」

「宝石も花も、余裕がある時に愉《たの》しむべきものですよ」

いいえ、とリチャードは言葉を継いだ。ほっそりとした顎《あご》に手を当て、唇に微かな笑みを浮かべ。

「逆も然《しか》りですね。宝石や花は、どのような状況であっても、心に安らぎを与えてくれるものです」

じゃあ本当に、山本さんが欲しいと言ったら、彼女にガーネットを売るつもりだったのか？　俺がそう尋ねると、リチャードは俺に問い返してきた。

「あなたはガーネットという語の語源を知っていますか」

俺が首を横に振ると、リチャードは溜め息をついた。宝石店でアルバイトをしているのだから少しは勉強しろということか。俺は俺なりにきちんと勉強しているつもりだ。『図録・宝石』はもう頭から終わりまで三回は読んだ。専門的すぎてわからないところはスルーしているから、身になっているかどうかは若干疑問だけれど。

「それで、気になる正解は？」

「『グラタナス』。ラテン語です。意味は『種』」

「おお」

そういえばこいつは、申告されるより先に、山本さんの素性に気づいていたはずだ。

「……ぴったりの石だったんだな？」

リチャードは頷いた。花を扱っているからとか、そういう理由だけじゃなくて、何というか、彼女には『種』という言葉がしっくりくる気がする。

「あの方はガーネットについて、やれ戒めであるとか、やれ見劣りがするとか、いろいろと言いたいことがおありのようでしたが、本当によくお調べでした。自分自身にまつわる石だからでしょう。そういう方は健康的な方です。本当に嫌だと思うものであれば、そもそも調べることもしません。目を逸《そ》らすだけです」

「健康的？」

嫌だと思ってもどうにもならないものはあるでしょう、とリチャードは言葉を継いだ。生まれとか容貌とか、そういうことか。

「そういうものからは逃げられません。選べるのはいつ、どのように向き合うかです。口ではあれこれ言いつつも、彼女は根の部分ではそれを受け入れようとしているか、もしくは既に受け入れているように、私には見えました。建設的、と言うべきだったかもしれませんね。言葉を間違えました」

「間違ってないよ。言ってることはわかると思う」

リチャードにとっての『どうにもならないもの』筆頭は、多分、いや絶対にこの顔だろう。損ばかりだと言っていたのは嘘《うそ》とは思えない。でも今のこいつは、この顔とぴったりお揃いの精神をもって生まれてきたかのように、優雅な立ち居振る舞いをしている。宝石の申し子のような。

多分、いろいろあったんだろう。

俺には想像もできないようなことが。

俺がリチャードを眺めていると、美貌の店主はひょっと片眉を動かした。いつもの声で「何です？」という声が聞こえてきそうだ。本当に目ざとい。質問してみようか。学生時代、一方的に話してみたかったよと言われた時、どんな気分だった？　とか。でもリチャードが俺の立場なら、そんなことは言わないだろう。

質問されたくないことはしない。つつかれたくない部分はつつかない。文化も礼儀のありかたも違う人々と商談をするのが日常なら、当たり前のことなのかもしれない。ビジネスライクな関係だから興味がないといえばそれまでだろう。

でもそれ以上に、こいつは俺のことを気にかけてくれている。温かな無関心だ。つまるところ、いい奴なのだ。こいつは。

「いや、何でもないよ」

だったら俺も、こいつの流儀に従うまでだ。

リチャードはしばらく呆れ顔をしていたが、柘榴の鉢植えを持ち上げ、一番大きい本棚の横に置くと、遠くから見て、また近くによって、何度か頷いた。そこに置くことに決めたらしい。いい感じだ。赤いソファに腰掛けると、さわやかな緑色の葉が目に入る。

「世話はあなたに任せます。育ちすぎたら持ち帰ってください」

「かしこまりましたー」

「それからお茶」

山本さんが送ってきた柘榴の木は、ミニサイズの栄養ドリンクみたいな注入栄養をぐびぐび飲んで大きくなっている。美しい緑色の葉っぱをつける枝振りは、宝石にはない『成長』という力で、今日も店の片隅でちゃくちゃくと版図を拡大している。

case. 3

エメラルドは踊る

新宿《しんじゅく》駅の西口、駅ビルの二階は、ほとんど女性の衣料品売り場だが、真ん中あたりにぽっと一つカフェがある。可愛《かわい》いケーキと軽食を出す店だ。

金曜日の昼下がり、駐輪場を見下ろすロケーションのカウンター席で、俺は緊張に震えていた。

「谷本《たにもと》さん俺、つ……つき…………つき……！」

「つっつき？　正義《せいぎ》くん、大丈夫？　ケーキが喉《のど》に引っかかった？」

「違うんだ！　ごめん……大事なこと言おうとすると、俺つっかえる癖があって」

「そうなんだ！　気にしないで、ゆっくり言ってね」

隣の席には、谷本さんがいる。

爆発しそうな心臓をどうにか抑えつつ、俺は言葉を紡《つむ》ぎだした。最初は『つ』。次が『き』だ。大丈夫、『あって』まで言えればこっちのものだ。腹をくくれ。行こう。

「俺、付き合ってないんだ！」

「え？」

言えた。よし。

ことは今年の春の終わりにさかのぼる。諸事情あってリチャードに学校の裏門までジャガーを回してもらった俺は、悪友どもの嬉《うれ》しくない勘違いもあり、美貌《びぼう》の外国人の男性とお付き合いをしていると谷本さんに誤解された。困る。かなり困る。呆《あき》れ果てたリチャードに解雇されるのが心配とかそういう問題ではない。

俺は谷本さんが好きなのだ。お付き合いしてほしいと思っているのだ。だから相手がリチャードだろうがハリウッド女優だろうが宇宙人だろうが、交際相手がいると思われるのは、ものすごく困るのだ。

戦々恐々、反応を窺《うかが》うと、谷本さんは黒目がちな瞳をまあるく見開いて、俺のことをきょとんと見ていた。

「えーと、誰が？」

「え？　あっ、俺が！」

「誰と？」

「外国人の、男の人と！」

「…………ああー！」

そういえば、そういうこと、あったねえーと、谷本さんはいつものほわわんと間延びした口調で笑った。口から魂が抜けるかと思った。よかった。かなりどうでもいいことだと思われていたらしい。谷本さんは人間関係をフラットな目で見る女の子なのだろう。彼女が俺のことなんかどうでもいいと思っていた可能性など考えてはいけない。今日だって二人とも空きコマがあるからと、新宿のカフェランチをOKしてくれたじゃないか。二人で食事なんて素晴らしい進展だ。ありがとう。神さまありがとう。

「私勘違いして、変なこと言っちゃったんだね。正義くん、本当にごめんなさい。私、勘違いが多くって、友達にもよく呆れられるの。これからはもっと、気をつけるねえ」

「いやあ！　全然！　誤解が解けたならそれでいいんだ……！　それにしても、このケーキ小さくて可愛くて、何だか食べるのがもったいないね！」

「ほんとにね！　このオレンジの入ったチョコのタルト、パラサイト隕石《いんせき》の標本みたい」

「………見たことないや」

「ちょっと待ってね」

谷本さんは素早くスマホを取り出すと、瞬く間に画像フォルダから写真を見せてくれた。キラキラ輝くオレンジ色の粒を石の中に宿した、隕石標本の断面図が出てくる。きれいでしょう、と微笑《ほほえ》む彼女は本当にきれいだ。これは石鉄《せきてつ》隕石という非常にレアな種類の隕石でね、と語る彼女の目元には、徐々に力がこもり始めている。

彼女は俺と同じ笠場《かさば》大学の二年生で、所属は教育学部である。小柄で細身のほんわか属性で、著《いちじる》しく石を愛する女性でもある。高校時代は石好きの人たちの集まる同好会を立ち上げて、会長をやっていたという。鉱物岩石の何たるかを語る時、彼女の瞳はらんらんと輝き、力のこもった涙袋にはくっきりと線が浮き出す。そう、さながら——

「あれ、ゴルゴじゃない？」

「……亜貴《あき》ちゃん？　亜貴ちゃんだあ！　久しぶり！」

歴戦のスナイパーのように——ってあれ？

空いていた谷本さんの隣に、長い黒髪の女性がすとんと着席した。ノースリーブのタンクトップに若草色のカーディガン、ジーンズをはいた細い脚。ぺったんこの靴を履いている。少し釣り目の瞳と白い肌。きれいな人だ。

「何やってんの、びっくりしたあ！　大学に行ったんでしょ、平日は授業じゃないの？」

「大学の授業って、全部の時間にみっちり入ってるわけじゃないんだよ。金曜日は三限が休みだから、友達と一緒にお出かけすることもあるの。今日はランチ」

「友達ねえ……」

亜貴ちゃんと呼ばれた女性は、どうもと俺に軽く挨拶《あいさつ》した。気取らない人らしい。

「小中学校とゴルゴの友達やってました、新海《しんかい》亜貴です」

「亜貴ちゃんは今でも大事な友達だよ？　あんまり会えなくなっちゃって寂しいけど」

「あんたは相変わらず恥ずかしいことぽんぽん言うんだから……あっ？　あーっごめん！　彼氏にゴルゴってあだ名ばらしちゃった……」

恐縮する新海さんに、知ってます知ってます、鉱物岩石同好会の、と俺はフォローしたが、途中で谷本さんの声がすぱんと割って入った。

「亜貴ちゃん、正義くんは、彼氏じゃなくて、お友達」

「……そうなの？」

「うん。勘違いするのは、失礼だよ。正義くんは石がとっても好きなんだからね」

勘違いするのは、失礼。

そうか、谷本さんは俺の交友関係を誤解してしまったことを、深くお詫《わ》びしてくれた。だから俺がまた誤解されることのないようにと、配慮してくれたのだ。つまりこれは。

俺は彼女にとって、いいお友達以上でも以下でもないということでは、ないだろうか。

わかってた。大丈夫だ、おおよそはわかっていた。おいしいものを食べに行こうという誘いにOKしてくれたからといって、それがデートだと浮かれるのは時期尚早だ。相手は谷本さんである。鉱物岩石の天使だ。どんな天使かよくわからないが、ともかく天使であるので『察してください』式のコミュニケーションは通じない。これはもう、付き合ってくださいとお願いするしかないだろう。でも俺には度胸が足りない。情けないったら。

俺がうなだれていると、谷本さんの向こうにいる新海さんが苦笑いしていた。

「大変だね。晶子《しょうこ》は昔っからこうだからさ、苦労すると思ってたんだ」

「ええ？　私が苦労するの？　なんで？」

「あんたじゃなくて、この……お名前何ですか？」

「正義です。中田《なかた》正義」

「ヒーローみたいでかっこいい名前！　この中田さんみたいな人がだよ、晶子」

何で？　と目を丸くする谷本さんに、新海さんは別にいい、と笑った。

「でも意外だな。晶子が石好きの男の子とケーキ？　あんたより石に詳しい男なんか、日本に十人くらいしかいないいんじゃないの？」

「正義くんは石のこと勉強中なんだよ。宝石店でアルバイトしてるから」

「へえ……親戚のお店？　そういうところって、普通はアルバイト雇ったりしないでしょう。信用できる社員さんしかいないと思ってたなあ。珍しいですね？」

「不思議な縁でアルバイトしてるだけです。うちの店はちょっと特殊だし、やってることはお茶くみだし。でも……それにしてはいろいろ、変な体験してるかな……」

「変な体験？　どんなどんな？」

谷本さんをちらりと見ると、彼女は話してあげてと俺に笑ってくれた。俺は新海さんに、この春から巻き込まれてきた不思議な事件の数々を、軽いノリで語った。もちろん個人情報は伏せに伏せて。親しげな二人の様子からして、新海さんも少しは石が好きな人だろう。

そして彼女は谷本さんの大切な幼馴染み《おさななじ》。今後の俺の恋愛のために、仲良くなっておいて損はないだろう。そんな暇があるなら好きです付き合ってくださいと言えばいいじゃないかと、俺の脳内の副人格は怒鳴っていたが、それができれば苦労はないのだ。

俺は海外からやってくるお客さまの話や、甘味大王だが人の心を見ぬく眼力は超一流の店主の話をした。谷本さんにはもうお馴染みだろう。新海さんは初めこそ面白そうに身を乗り出していたが、徐々に表情が沈んできた。

「……何だかな。宝石ってパワーがあるって言うし、不思議なことがあるのが普通なのかな？　まさかね……」

「亜貴ちゃんどうしたの？　何か悩みごと？」

「ん、ちょっとね。そうだ、正義くんはいわば宝石のプロ見習いなわけでしょ」

「ただのアルバイトですよ！」

「謙遜《けんそん》しないしない。これ解ける？」

ちょっとしたクイズなんだけど、と言いながら、新海さんは鞄を探った。肩掛けの白いショルダーだが、異様にでかい。この人は日々何を持ち歩いているんだろう。ほのかな香水といい、何だかお忍びでやってきたお姫さまのような人だ。大学生ではないというから、どこかの芸能事務所の人か？

彼女はＡ４のクリアファイルを取り出した。コピー用紙に描かれた色鉛筆画が入っている。わあ、と谷本さんは歓声を上げた。

「これ亜貴ちゃんの絵だね。相変わらず上手。何かに使うの？」

「ＤＭのボツ案。けっこう頑張ったんだけどねえ」

俺はケーキの皿を脇に退《ど》けて、新海さんの力作をカウンターの真ん中に置いた。

穴あきクイズのような作品だった。絵が上下二段に配置されていて、上と下が下向きの矢印で繋がっている。全部で三組。

右側上段には、ロシアの経済ニュースでよく映るたまねぎ屋根の正教会の絵。矢印の下には、白い宝石が描かれている。ラウンド・ブリリアントカットでキラキラしているから、まずダイヤだろう。

真ん中上段には自由の女神とハンバーガーの絵。矢印の下には恐らくルビーと思われる赤い、丸い宝石。幾つも描かれている。

そして問題の左側。上段にはエッフェル塔らしき塔と凱旋門《がいせんもん》。フランスだ。

その矢印の下が、空欄になっている。ここに何が入るか当てろということか。

「……ロシアがダイヤで、アメリカがルビー、フランスが……？」

「おー、それでロシアってわかってくれた？　嬉しいな。そこ一番頑張ったんだよ」

「これどういう組み合わせなの？　私わからない。産地じゃないみたいだし、国の石でもないし。宝石に詳しい人なら、みんなわかるの？」

「どうかな、宝石っていうよりむしろ……別ジャンルに詳しい人ならわかるかな？　あはは。伝わらないんじゃボツも仕方ないね。結局いつもの写真のＤＭになったよ」

「余ってたら一枚欲しいな。亜貴ちゃんが写ってるんでしょ」

「残念、配りきっちゃった。学校にあると思うから、今度会った時に渡すね」

謎の連想ゲームの回答もだが、いよいよ新海さんの正体がわからなくなってきた。彼女の写っているダイレクトメールがある？　大学ではない学校に通っている？　芸能人の育成事務所で頑張っている人なんだろうか。それがどうしてこんな絵を描いているんだろう。公演情報だとしても、一体これは何の公演のお知らせなんだ。

「正義くん、わかった……？」

谷本さんは不安そうな目で俺を見ている。もちろんさ！　と言えたらどんなにか株が上がるだろうけれど、残念ながらお手上げだ。今は。

「まだわからないけど、明日にはわかってると思うよ。九十九パーセントくらいの確率で」

「わあ、正義くんすごい！」

「強気だね？　ググるんだったら今やってもいいよ」

大丈夫です、と俺は手で新海さんを制し、スマホで一枚写真を撮らせてもらった。隣のカウンターにやってきた女性客二人は、やばいやばいと言いながら可愛いケーキをばちばち撮っている。挑むような新海さんの笑顔に、俺は強気に微笑み返した。

こんな時のためにいるのだ。あのエトランジェとかいう店の、雑学王みたいな宝石商は。

リチャードは能面のような顔で俺を見ると、まばたきもせずこう告げた。

「念のためお尋ねしたいのですが、あなたは私を青い猫型ロボットか何かと勘違いしているのでは？」

「お前も漫画やアニメを見るんだな」

「皮肉を解しなさい」

土曜日の朝十時四十分。店主の返事は芳《かんば》しくなかった。あれから新海さんの謎かけの答えを探しにネットの海を彷徨《さまよ》ったが、思わしい収穫はなかった。曖昧《あいまい》なキーワード検索は役に立たない。でも俺は楽観的だった。こっちにはリチャードという最終兵器がいるのだ。最終兵器のごきげんが斜めだった場合も、ある程度は想定してきた。

俺は携《たずさ》えてきた紙袋を、ガラスのローテーブルの上に置いた。中身はアイシングで飾り付けられたケーキだ。細かく刻まれたオレンジ・ピールの散ったタルトである。ヘソナイトの標本みたいと谷本さんが喜んでいた。

「これ、新宿駅ビルのケーキ屋のお土産。焼き菓子が売ってたんだ。よかったら」

「エメラルド」

「は？」

「先ほどの連想ゲームの答えです。フランスは、エメラルド」

何という現金な男だ。違う、何という博識な男だ。やっぱりリチャードは俺の思っていた通りの男だ。宝石に関する知識であれば何でも知っていて、甘いものには目がない。ありがたや、ありがたや。

「あとで理由教えてくれよ！　おいしいお茶いれてくるからさ」

俺は厨房《ちゅうぼう》にうきうきと駆け込み、鍋に水を注ぐ前に、昨日教えてもらった新海さんのアドレスにメッセージを投げた。

『エメラルド！』

沸騰《ふっとう》した湯に茶葉をいれる頃、返事が来た。

『大当たり！』

文字の前後には絵文字がたくさんついていた。新海さんと谷本さんは、こういう気さくなところがよく似ている。きっと彼女もモテるだろう。しまったなと思ったのは、連想ゲームが何を表したものなのかを尋ねそびれたことだった。

牛乳を加えて煮立て、鍋の縁まで泡が来て、火をとめるころ、追伸が来た。

『これも何かのご縁なので、中田くんの名前でチケット二枚お取り置きしておきます。ご迷惑じゃなければ晶子《しょうこ》と一緒にどうぞ！』

メッセージには写真がついていた。多分これが谷本さんの欲しがっていたDMだろう。写っていたのは、バレリーナだった。

丈の長い緑色のスカートに、宝石の冠《かんむり》と首飾りをつけた女性が、てかてか光るチラシの中で華麗なポーズをとっている。片浦《かたうら》バレエ団公演。『ジュエルズ』というのは演目の名前だろうか？　三週間後の日曜日の日付が入っている。そうか、新海さんはダンサーだったのか。プロの？　バレリーナ？

衝撃は遅れてやってきた。谷本さん、何故《なぜ》教えてくれなかったんだ。一緒にお弁当を分け合ったことは教えてくれたのに、何故彼女の今の仕事は教えてくれなかったんだ。彼女のそういうふんわりしたところが俺は好きなのだが、時々少し困る。

バレリーナ。雲の上の人と知り合いになってしまったような気分だ。

細心の注意を払っていれたロイヤルミルクティーを持って応接間に戻ると、店主はソファで脚を組んでいた。何か言うことがあるのではないか、とでも言いたげな眼差《まなざ》しだ。

俺はうやうやしくお茶を給仕し、お土産の焼き菓子を皿に載せると、リチャードに手を合わせた。店主はふんと鼻を鳴らした。

「こちらの品の領収書は？」

「ただのお土産だよ。経費で落とそうなんて思ってない」

「心遣いはありがたく頂戴《ちょうだい》しますが、こういうことはあまり、しないように」

「本当に几帳面だな。それよりさっきの絵は、何の絵だったんだ？　どういう意味だ？」

「私からも質問したいのですが、何故よりによって今日、私にそんな話をしたのです」

「……どういうことだよ？」

チャイムが鳴った。珍しい。今日の午前中は予約がないはずなのに。最近は飛び込みのお客さんも増えてはきたけれど、タイムセールなんかとは無縁な品ばかりだし、開店を待ち構えていたようなタイミングでやってくる人なんて初めてだ。

静かに入ってきたのは、灰色のスーツの女性だった。

小柄だが、立ち姿の凜々《りり》しい人で、とても長い黒髪を背中に流している。腰まであるんじゃないだろうか。五十歳くらいに見える。背筋が恐ろしくまっすぐだ。表情は、硬い。素敵な宝石を探しに来たわけではなさそうだ。

「昨夜お電話した、片浦と申します……あなたが？」

「リチャード・ラナシンハ・ドヴルピアンです。どうぞおかけください」

「すみません。驚きました。思っていたよりお若い方だったから」

誰だろう。昨日の夜電話で予約があったということだろうか。ひょっとして外したほうがいいのかと、俺はリチャードに目くばせしたが、当のリチャードが俺を見なかった。珍しい。慌てているのか。

片浦さんは腰掛けようとせず、リチャードをじっと見ていた。

「お越しくださったということは、件《くだん》の品をお持ちに？」

「いいえ、保険の問題がありますので、わたくしの一存ではどうにも」

「……では、どういったご用件でこちらに」

「直接お願いに伺いました」

二人は俺を無視して話を進めていた。片浦さんは渋い顔をするリチャードの前で、深々と頭を下げた。黒い髪が床につきそうだ。

「一度見ていただけるだけでも構わないのです。ご助言をいただければと」

「お電話で伺った通りなら、畑違いも著しいお話であるように思いますが」

「重々承知の上ではあるのです。ですが」

他のどこに相談したらよいのか、と片浦さんは吐露した。疲れきった声だ。リチャードは再び椅子を促したが、彼女は座らず、すがるように言葉を続けた。

「お願いです。わたくしどものエメラルドの呪いを解き明かしていただきたいのです」

聞き間違いだと、最初、思った。

呪い——？

俺が唖然《あぜん》としていると、片浦さんは思い出したようにショルダーバッグの口をひらき、こういう者ですと名刺を差しだした。俺にまでくれた。片浦綾子《あやこ》。芸術監督。片浦バレエ団？　DMの？

「バレエの人なんですか？　新海さんのいる？」

「うちの新海をご存じなの？　まあ……ありがたいわ、こんなご縁があるなんて」

嬉しそうに笑った片浦さんは、ゆっくりとリチャードに向き直り、ねえ、と会釈した。

あ、これは、やばいかもしれない。

美貌の店主はむっつりと俺を睨《にら》んでいた。


片浦バレエ団は戦後すぐに発足した、日本でも有数の歴史あるバレエ団だそうだ。三十年くらい前にはかなり活発に活動していて、海外公演も頻繁《ひんぱん》にあったそうだが、世の中の景気が変わった今は、各界の篤志家《とくしか》の援助でこぢんまりと続いている。

五反田《ごたんだ》駅にほど近い学校は、窓の大きな、まるでヨーロッパの街並みから引き抜いてきたような二階建てだった。警備員の立つ鉄の門扉《もんぴ》の表札には、金文字で『片浦バレエ学校』と書かれている。掲示板には新海さんが送ってくれた画像と同じ、バレリーナの写ったちらしが貼られていた。

「わたくしどもの運営する私立学校でございます。バレエ団の練習拠点と、財団法人としての事務所も兼ねております」

芸術監督って一体何をする仕事なんですかと俺が尋ねると、バレエ団のことなら何でもするお仕事ですよと片浦監督は答えてくれた。小鳥がさえずるような声で喋《しゃべ》る人だったが、立ち姿の安定感が尋常《じんじょう》ではない。雰囲気だけなら、俺の空手の師範によく似ている。真正面から正拳突きを受けても微動だにしない達人だ。

彼女の用件に必要なのはリチャードだけだったが、新海さんの顔見知りならということで、俺もご招待にあずかった。店主を呼び出すための首輪のリードにされたようで、何だか尻の据わりが悪い。日曜日、エトランジェはリチャードの嫌いな『臨時休業』になり、俺たちは五反田のバレエ団事務所に赴くことになった。予約が一件でも入っていたら、店主はきっと店を閉めなかっただろう。一言も喋らないリチャードの運転で、駐車場までジャガーで乗りつけると、片浦監督が待っていた。

建物の中に入ると、どこからかピアノの音が聴こえる。緊張してきた。こんな場所に入るのは初めてだ。先が唐草のように巻いた、おしゃれな手すりつきの階段を上って、長い廊下を歩く。白黒のダンサーの写真がたくさん飾られている。突きあたりの部屋に片浦監督は入っていった。校長室のような雰囲気だ。手前に応接テーブル、奥にデスクと椅子。

手前の応接テーブルには、紅茶とお茶菓子が準備してあるが、多分リチャードは食べないだろう。椅子に座る前に、一つだけ、とリチャードは切り出した。

「拝見する前に、一つだけどうしてもお尋ねしたいことがございます。片浦さまに私を紹介なさったというお客さまはどなたなのでしょうか。私はしがない宝石商でして、このような営業は管轄外です」

「……それもそうですね。穂村《ほむら》商事という会社をご存じですか？　穂村隆行《たかゆき》という方は？」

穂村商事なら俺も知っている。名刺を持っている。今年の春、開店したばかりのリチャードの店に、大粒のルビーと台風のような騒動をもたらしたお坊ちゃんのいる会社だ。彼の名前は隆行ではなかったと思う。代表取締役というから彼のお父さんか。あの事件が縁になって、熱心な宝石のコレクターだった穂村さん一家と懇意《こんい》にしていると、リチャードは話してくれたっけ。

店主は渋い顔のまま、小さく頷《うなず》いていた。

「穂村さまでしたか、ありがとうございます。それでも解せません。何故私を？　イギリス人は皆シャーロック・ホームズの適正があると？」

「彼の会社は長年、メセナ活動の一環としてわたくしどものバレエ団を支援してくださっているのです。家族ぐるみのお付き合いもありますわ。先日お会いする機会がありまして、今回のことを相談したら、あなたを紹介されました。『宝石に関する頼みなら、決して断らないだろう』と」

「……隆行さまがそのようなことを？」

「いえ、熱心に薦めてくださったのは息子さんのほうです」

片浦監督の微笑みに、リチャードは苦い笑みを返した。穂村さんはひょっとして、ルビーの時の憂さ晴らしをしようとしているんだろうか。そんなまさか。立場のあるいい大人がそんなことをするはずない。多分。思えばあれも俺のお節介が引き起こした事件だった。

リチャードが観念したように椅子に腰掛けると、片浦監督は校長先生のデスクのような机の後ろの戸棚を開けた。観音開きになっていて、中央に巨大なセーフティーボックスが入っている。小さなキーを扉に差し、俺たちからは見えない角度で暗証番号をうちこむと、ガコンという音を立てて金庫の扉が開いた。

片浦監督が取り出したのは、黒いびろうどの箱だった。リチャードの玉手箱に似ているが、一回り小さく、厚みがある。俺はテーブルの上のティーセットを静かに脇に退けた。

「こちらでございます」

片浦監督は俺たちの間の床に膝《ひざ》をつき、テーブルの上に箱を載せると、蓋《ふた》を開けた。

現れたのはネックレスだった。銀色の細いチェーンが五重になっていて、留め具とは反対側に、レース編みの雪の結晶のようなモチーフの緑の宝石が五連、縦に繋がっている。かなり幅があるから、肩まで露出する服でもないと合わせられないだろう。そうか、舞台衣装か。あのＤＭのバレリーナが、確かこんなものをつけていた。

ネックレスを彩る石は、俺が間違っていなければ、全て美しいエメラルドだ。すごい。全然傷がない。エメラルドは何度かリチャードの店で見たことがあるが、インクルージョンという内包物が多い石であるとかで、中に気泡や黒っぽいものが目立つ石が多かった。こんなに傷がない石ばかり揃えるなんて大変なことだろう。あんな小さな金庫にしまっておいていいものなんだろうか。

「……こちらは」

「アメリカの北部に、友好提携を結んでいるマリエンバード・バレエというカンパニーがありまして、そこからの借り物です。あちらは何年か前に経営の風向きが変わって、今は公演は行わずに、こういうレンタル専門のご商売をなさっているようなのですが……」

借り物のジュエリー。これが、片浦監督の話していた？

「『呪い』のエメラルドだと？」

「どこからか聞こえてきた噂《うわさ》を信じるのであれば、そういうことになるのでしょう。現実問題として困っていることは、このネックレスが……何と申し上げればいいのか。現れたり消えたりすることです」

リチャードが眉根を寄せると、片浦さんは静かな声で語り始めた。

怪現象は二週間前、このネックレスをはじめとした舞台衣装が、友好提携しているバレエ団から空輸便で届いた直後に始まったという。ジュエリー類の入った、片浦監督しか暗証番号を知らない金庫が、何故か部屋の外に持ち出されていたという。金庫がである。総重量は二百キロ以上というから、屈強な男でも相当気合いを入れて引きずらなければ運び出せないだろう。そこの廊下まで運び出されていましたと、片浦監督は目を伏せながら語った。異変に気づいた片浦監督と舞台関係者が、慌てて警備員を呼びに行っている間に、何と金庫はもとあった場所に戻っていた。その間、約五分弱。その時にはまだここに監視カメラはありませんでしたと、片浦監督は首を横に振った。

たちの悪いコソ泥が通り魔のようにやってきたものの、うまくいかずに去ったのだろうと判断した片浦監督は、警察に相談し、近隣のパトロールを強化するという約束を取りつけたあと、気を取り直して団員たちのドレスリハーサルを行った。しかし再び事件は起きた。このジュエリーをつける役のバレリーナが、さあ衣装と合わせようと衣装部屋に入ると――ネックレスがない。俺は知らなかったのだが、舞台の小道具というものは、絶対に紛失してはならないしどこにあるかわからないなどという状態は言語道断であるため、数字の札をはられたプラスチックの箱に一つ一つ入れられて、完璧に管理されているのだという。全部ごちゃごちゃに入れていたら所在不明になりました、という俺の母親のクローゼットみたいな話ではないのだ。

他の箱に入っていた、という様子もない。

練習を一時中断して、団員総出でネックレスの捜索にあたり、三十分。果たしてネックレスは出てきた。なんとなんと、所定の箱の中に、何事もなかったようにきちんと入っていたのだ。一週間前の話だという。

ここまでのお話はお電話で申し上げた通りですわね、と片浦監督が微笑んだ。リチャードは陶磁器の人形のような、人間味のない顔をして、片浦監督を見ていた。

「一昨日も申し上げましたが、私には単なる盗難未遂《みすい》としか思えません。ジュエリーの管理責任者の処遇を問うべきでは」

「複数人おりますが、皆それぞれの業務で多忙で、アリバイどころではありませんでした。

それに……盗んで意味のあるものでしたら、処遇を問うこともできるでしょう。パトロールでは不審者は見つかりませんでしたし、順当に考えれば、内部犯の可能性も高いのはわかりますが……そもそもこんなことは、まったく理にかなったことではないのです」

「何故です」

「盗み出すものに価値がないからです」

え？　こんなにきれいなのに？

怪訝《けげん》な顔をしたのは俺だけだったようだ。片浦監督は苦笑し、エメラルドのネックレスを箱から取り出すと、俺に持たせた。あれ、想像していたよりも軽い。

「これが全て本物のエメラルドでしたら、大変な金額になるのでしょうが、大半は人造宝石です。ほとんど傷がないでしょう？　イミテーションの証拠ですわ」

「そうなんですか……」

「でもこれは昔の酔狂《すいきょう》なジュエリーデザイナーによる、ある種の芸術作品でして、鑑定書を見ればわかりますけれど、本物のエメラルドも幾つか入っているのですよ」

片浦監督は、五連の雪の結晶のような意匠の中央だけを指さした。ああ、モチーフの真ん中の五つだけ、本物ということか。まじまじと眺めると、確かにそこの石だけ風合いが異なる。とろっとして柔らかそうに見える。石の中身が均一に美しくない。

「……でも、事情を知らなかったら超高級品に見えますよ。みんな知ってるんですか」

「もちろんです。とてもよくできた偽物だということは、みんなよく知っていますよ。それでもこちらを海外から借り受けたのは、こちらが当団の『ジュエルズ』の公演で何年にも渡って使われてきたものだからです。デザイナーは私の祖父にあたるバレエ団の創始者で、マリエンバード・バレエで長い間芸術監督の補佐をつとめておりました。五粒のエメラルドは彼の意地のようなものです。当時の資金力ではそれが限界だったのです。でもこのネックレスは、美しい形をしているでしょう？　伝統も歴史も、人が育《はぐく》むものです。人造宝石であっても長年使われ続ければ、その輝きは本物になります」

ただ、盗もうとする理由は見当もつかないのですがと、片浦監督は沈鬱《ちんうつ》につけ加えた。

俺は試しに、このネックレスの値段を尋ねてみた。今の価値なら百万円くらいでしょうかと片浦監督は言ったが、あくまでそれは三十年前の『製作費』の話で、今これを売ろうとしたら、もっと安い値段にしかならないという。加えて、合成宝石と本物の宝石を一緒に使うなどということは、一般的に考えればありえないという。本物の石を使う意味がないからだ。転売しようとしても、そもそも買い取ってもらえない可能性も高いと。

古い合成宝石のネックレス。転売の価値、ほぼなし。昔の合成宝石の価値が密かにうなぎのぼり、なんて話もないらしい。うーむ、マニアなら買うだろうか。

「万が一このネックレスが消えてしまったら……もちろん保険には入っておりますが、狭い業界です。信用問題は今後のバレエ団の運営を揺るがしかねません。こんな時世で、どこの組織も青息吐息でやりくりしているのに、奇妙な事件に足をとられているような余裕はないのです。考えたくもありませんが、公演中止の払い戻し沙汰《ざた》で破産などという可能性もないとは言い切れません。仮に、金銭上の問題はカバーできたとしても、世界にたった一つの、バレエ団の礎《いしずえ》となった祖父とわたくしどもを繋ぐ縁が消えてしまう痛手は、どうしようもございません。わけのわからない理由で失われていいものではないのです。このの団にいる人間ならば、そのくらいわかっているはずです。第一、売れるかどうかもわからないのに……」

盗み出すメリットがないのに、周辺で怪現象が起こる。なるほどそれで『呪い』か。

ちらと顔色を確認すると、リチャードは相変わらずの冷静な顔で、淡々と言葉を継いだ。

「あくまで憶測ですが、宝石のよしあしや真贋《しんがん》は、ことの本質とは関わりがないように思います。こと舞台衣装などのジュエリーに限れば、別段宝石に価値がなくとも、プレミア価格がつくことはざらでしょう。高名なダンサーの着用歴があったり、歴史的な舞台で使用されたことがあれば、それこそ素人《しろうと》には計りしれない値打ちがつくのではありませんか」

「……無論、こちらは過去何人ものプリマが身につけて踊ってきた由緒正しい品物です。

ですが……それだけです。あなたがたのどちらも、わたくしどものバレエ団のダンサーの名前など、ご存じないでしょう。着用歴でプレミアがつくとも思えません。そんな理由も、謂《いわ》れも、何もないのです。コレクターズアイテムということでしたら、まだわかりますが、重い金庫を動かしてまで盗《と》ろうとするようなものかどうか……」

途方に暮れております、という言葉は、震えていた。片浦監督は立ち上がり、デスクの上のティッシュをとって軽くはなをかんだ。

片浦監督が振り向くと、もう一つ、とリチャードは尋ねた。

「何故それが『呪い』と？　ただの紛失未遂なら、呪いではなく怪事件では？」

片浦監督の硬い表情が、一瞬、ひび割れたように見えた。リチャードも気づいただろう。色白の人形のような顔の監督は、しばらく奥歯を嚙《か》み締めるような時間をとってから、低いトーンで淡々と喋った。何かを押し殺しているような声だ。

「……本来エメラルドの役を踊るはずだったバレリーナが、去年、病で急逝《きゅうせい》いたしました。彼女の『踊りたかった』という思いが残っているのでは……と。噂ですが」

「不躾《ぶしつけ》な質問かもしれませんが、片浦さまはそう思っていらっしゃるのですか」

「ありえません！　そんなことは。ですが……」

一瞬声を荒げたあと、彼女は言葉をのんでしまった。悔しそうに歯を食いしばっている。

お悔やみを、とリチャードは頭を下げた。片浦監督も儀礼的に頭を下げた。随分消耗《ずいぶんしょうもう》しているように見える。困惑して、疲れているようだ。だからこそリチャードの力を借りようと思ったのだろう。どれだけ親しい相手に紹介されたとしても、見ず知らずの外国人にこんなことを相談するのだから、相当切羽詰まっているはずだ。

必死さにうたれたのか、美貌の店主は腹をくくったようだった。

「私も手に取って拝見してよろしいでしょうか」

「……ええ是非《ぜひ》。どうぞお願いします」

片浦監督の表情がぱっと華やいだ。やるじゃないかと隣を見て、俺は言葉をのみ込んだ。

初めて見た。リチャードのこんなに真剣な顔。

鞄から持参してきた手袋を取り出し、手早くはめ、一礼してエメラルドのネックレスを手に取る一連の仕草を、俺はぼうっと見ていた。もう見慣れたと思ったが、この男は、いや人間は、むしろ生き物は、やはりきれいだ。何もしていなくてもきれいだが、一番魅力が顕現《けんげん》するのは、こういう難事にぶつかった時なのではないだろうか。

青い瞳は冴《さ》え冴《ざ》えとした光を宿して、ひたすらに緑色の宝石一粒一粒を観察していた。リチャードは無数の言語を喋る男だ。もしかしたら石の言葉も知っていて、この息苦しい沈黙の中で、俺にはわからない言葉で人造宝石たちと言葉を交わしているのか。

二十分ほど、リチャードは本物だと言われた五粒を中心に、ネックレスを丹念に観察していたが、最後は首を横に振った。

「拝見した限りでは、これといって気になることはないようにお見受けいたします」

「…………そうですか」

双方とも、ある程度予想通りだったのだろう。片浦監督は少し気落ちしたような、安心したような顔で、ご迷惑をおかけして申し訳ありませんと詫び、リチャードは彼女を気遣った。釈然としないのは三人とも同じだ。

世の中奇妙な事件はままあるものだ。ただの空き巣まがいと紛失未遂が続いただけだろう。そう思いたい。でも万が一、本当に『呪い』だったら？　どうすればいいんだろう。

そのあと、リチャードと片浦監督の話が終わるのを待って、校長室を出ると、写真が飾られた廊下の真ん中に、脚の長い人が待ち構えていた。白いタイツの上にレッグウォーマーをはいて、その上にムートンブーツをひっかけている。そろそろ夏だというのに。上半身はひらひらした黒い運動着姿で、上にピンクのパーカーを羽織っていた。工事現場から走ってきた人みたいな雰囲気だ。首に一つ、大きな緑色のペンダントをぶらぶらさせている。マラカイトか何かの円盤を、革ひもで留めているのだろうか。

長い髪が全アップになっていたので、すぐには気づけなかったが、新海さんだ。俺を見ると正義くんと声をかけてきた。

「うわー。本当に君だ。びっくりした」

「俺もびっくりです」

チケットのお礼をしたいとは思っていたけれど、こんな風にまた会うことになるとは。

「あ、すごい格好でごめんね。練習中だったから」

「こっちこそすみません。片浦監督ならまだ部屋にいて、片づけをなさってますけど」

「監督に用じゃないんだ。こちらは？」

新海さんは当然のように、俺の隣にいるリチャードを促した。宝石商の来訪は彼女も知っていたんだろうか。リチャードは一歩前に出た。

「銀座《ぎんざ》七丁目で宝石店を営んでおります。リチャード・ラナシンハ・ドヴルピアンです」

「へー。ヴルピアンって苗字のダンサー知ってますよ。フランスの人ですよね」

新海さんはにやっと笑うと、俺には理解できない横文字の言語でリチャードに語りかけた。いきなり射かけられた矢に、リチャードは見事に応戦した。横文字のラリーを俺が口を半開きにして眺めていると、新海さんが申し訳なさそうに笑った。

「ごめんごめん。でも不思議だな。今日の朝、監督から聞いたところでは、イギリス国籍の方って話だったのに。ハーフなんですか？」

「一身上の事情がありまして、各国の言葉に親しんでおります」

「日本語もめちゃめちゃお上手ですけど、どういうご事情なのかお伺いしても構いません？　失礼な話、何か怖いんですよね、みんなが慌ててる時に、誂《あつら》えたようにやたらデキる人が出てくると」

リチャードは軽く言葉に詰まった。見ていられない。俺は二人の間に割って入った。

「いやあ！　うちの店主はめっちゃくちゃ語学堪能なんですよ。日本に来る前には香港《ホンコン》で店を開いてたから、中国語もできるし、この前は頭にターバンみたいなもの巻いてる人も来たし。もちろん基本は語学力じゃなくて、お客さんを大事にする精神だと思うんですけどね。宝石版の谷本さんみたいなやつですよ。もう半年くらいは世話になってます」

「晶子みたいな人って……宝石をおかずにしながら、ご飯がいっぱい食べられる系？」

「え？　そ、それはどうかと」

「これぞというトラピッチェ・エメラルドを傍《かたわ》らに置きながらであれば、三膳《ぜん》は」

リチャードは真顔だった。俺は驚愕《きょうがく》した。新海さんが噴き出した。

「……すみません、冗談を言う人だと思わなくて。そうか。甘味大王なんでしたっけ」

新海さんが笑うと、リチャードはぎろりと俺を睨んだ。そういえばそんな話もしたか。

警戒心を解いてくれた新海さんは、改めましてと自己紹介してくれた。

「新海亜貴、片浦バレエ団のプリマバレリーナです。監督がよくわからないジュエラーを呼ぶって聞いて、怖くなって来ちゃったんです。好きな岩石標本はフローライトで、今一番欲しいのはペンタゴン石の標本です。カバンシ石の隣に並べたくて」

「あれ、もしかして新海さんも？」

「晶子に聞いてないの？　私も鉱物岩石同好会の会員だったんだよ」

鉱物と岩石の好きなバレリーナ。何てことだ。無縁の世界の住人だと思っていた人と、信じられないところで繋がりができてしまった。石は世界を繋ぐらしい。

「新海さまは、フランスで働いていたご経験が？」

「留学してました。高校の頃、国際コンクールで入賞したんです。好きなバレエ学校で一年間勉強する権利がもらえるやつ。フランスの学校を選んだので、言葉はその時に覚えました。すみません、鎌《かま》をかけたらボロを出すかなって」

「怖いこと考えますね……」

「だからごめんって」

確か谷本さんは中高一貫校に通っていたと言っていたので、何故新海さんと高校も一緒じゃなかったのだろうかと疑問に思っていたけれど、これで謎が解けた。コンクールで賞をとってから、彼女はバレリーナとしての道を驀進《ばくしん》し始めたのだろう。俺と同い年のはずなのに、比べ物にならないくらい肝《きも》が据わって見えるのは、そういう覚悟を背負っているからだろうか。

「俺も話を聞きましたけど、大変なことになってるんですね」

「本当にねえ。正体が力持ちの幽霊とかだったら、まだファンシーなんだけど」

「死んだバレリーナの『呪い』なんて、何か怖いですね」

「……ああ……監督、詳しい話はしなかったんだね」

新海さんは廊下を端のほうまで歩き、ちょっとこれ見て、と俺たちを促した。幾つもかけられたダンサーたちの写真は全てモノクロなので、古いものばかりだと思っていたけれど、ものによってはそうでもないらしい。一番右端。お祈りするように手を合わせたポーズで目を閉じ、前傾姿勢をとる、白い衣装のバレリーナ。頭には花冠。よく見るとこの額縁だけ、やけに新しい。

「これは……？」

「片浦美奈子《みなこ》さん。昨年お亡くなりになったの」

「片浦……ってことは」

「監督の娘さん。コネとか何とか散々言われてた時期もあったけど、実力派のダンサーだったのはみんな知ってるよ。きれいで優しくて、天使みたいな人だった」

骨肉腫《こつにくしゅ》を患《わずら》い、昨年、三十三歳の若さで天に召されたという。神さまが天使と間違えたのかもねという新海さんの声は震えていた。涙ぐんでいるのではない。怒っているのだ。

「今回の公演は何年も前から企画されていた話だったから、こんなことにならなければ、エメラルドの役は美奈子さんが踊るはずだったのよ。ダンサーとして一番いい時に死ななきゃならないなんて、悔しいにもほどがあるわ。でも、だからってね、化けて出て、バレエ団に迷惑をかけるとか、ありえない。他でもない美奈子さんがそんなことするはずない。美奈子さんがいなくて寂しいのはみんな一緒だし、おばけでもいいから出てきてほしくなっちゃう気持ちはわかるけど、それを『呪い』なんて言うのは、本当に失礼な話」

　お祈りのポーズのバレリーナを、俺はもう一度見た。白い服。白い肌。俺のバレエのイメージは『白鳥の湖』『お嬢さまが習ってるやつ』で打ち止めだが、いずれにせよたおやかで、繊細で、はかなげだ。この写真も何だか、幽霊の写真のように見える。

　新海さんはリチャードに向き直ると、お願いですと手を合わせた。不思議だ。指を組み合わせる動きの一つ一つまで、魔法がかかっているように見えた。この人のまわりだけ、空気の重さが違う気がする。

「みんなギリギリで頑張ってるんです。何かわかったことがあったら、何でも構いません、教えてください。私のアドレスは中田くんが知ってます。万が一おはらいしなきゃいけなくなったら、気合い入れてお寺を探しますから」

「……お役に立てるかどうかわかりませんが、本番までもう間もないことは伺っております。何もかもがうまく運ぶことを、衷心《ちゅうしん》からお祈りいたします」

「ありがとうございます。本当に、うまくいきますようにって、みんな祈ってますよ」

「でも大変ですよね。舞台衣装ってことは、あれを身につけて踊る、当事者のバレリーナがいるんでしょう？　つらいだろうな……」

「そう？　実はその当事者って私なんだけど、全然つらくないよ？」

　俺が目を剝《む》くと、新海さんは大きく口を開けて笑った。屈託がない。なさすぎる。こんなことを感じるのは失礼だが、何だか――空元気《から》の見本みたいだ。

「美奈子さんは私の大事な先輩なの。このペンダントも、私が美奈子さんにプレゼントしたお守りだったんだよ。可愛いでしょ。マラカイトは『疫病退散《えきびょう》』って効能が言い伝えられてる石だし、美奈子さんの好きな緑色だから、ぴったりだと思って……」

　あんまり効いてくれなかったけどね、と新海さんはまた笑った。最期までつけていてくれたものを、片浦監督が彼女に返してくれたという。お守りは形見になってしまった。

「今はこれをつけてるとね、美奈子さんが守ってくれてるような気がするの」

　片浦美奈子というバレリーナの存在が、俺にもようやく少しずつわかり始めた。片浦監督にとっては娘で、新海さんにとっては先輩。バレエ団の中核だったのだろう。この建物の様子からしても、バレエ団は会社よりも人と人の間合いが近い場所に見える。屋台骨となるバレリーナの喪失《そうしつ》があけた穴は、まだ全然ふさがっていないのだ。

　それをみんなで埋めようとしている時に、こんな事件が。

　リチャードはいたわるような眼差しで、新海さんに一礼した。

「お悔やみを申し上げます」

「ありがとうございます。一番大変だったのは監督だと思いますけどね。あの人が立ってるから、私たちも頑張らなきゃって思えるんです。私をエメラルドのダンサーにすることについては、美奈子さんと相談して決めてくれたそうです。私ならできるって、美奈子さんも賛成してくれたって……きっと彼女も応援してくれるからベストを尽くしなさいって……あーごめんなさい。湿っぽくなりすぎましたね。ともかくね中田くん、私は『つらい』とは思ってないよ。『美奈子さんの分まで踊りたい！』とは心から思うけど」

「俺、何も知らないでひどいこと言って、本当にすみません。申し訳ありませんでした」

「そういう律儀なところ、晶子とそっくりだなあ」

　新海さんは新宿で見たのと同じ、少し気の抜けた顔で笑った。やっぱり今までは気を張っていたようだ。すると階段の下のほうから、誰かが新海さんの名前を呼んだ。はあーいと返事をした新海さんは、階段の手すりから身を乗り出した。下のフロアにツナギ姿の背の低いおじいさんの姿がある。ゲネのバミリがなんたらかんたらと怒鳴っていた。何語だ。日本語なのか。ちょっと待っててくださーいと新海さんは大きな声で言い返した。

「抜け出してきたのばれちゃった。ごめんね、これで失礼します」

新海さんは俺とリチャードにぴしりとお辞儀をした。この人を見ているとバレリーナという職業のイメージがどんどん変わる。普通の体育会系のお姉さんだ。妖精さんのような人がなる職業かと思っていたのに。

リチャードは階段から身を乗り出し、階下の老人を見下ろした。

「あれはどなたです?」

「吉田《よしだ》老人です。あ、お孫さんも一緒に働いてるから吉田老人、吉田孫って区別してるんですけど。何かわからないことがあったら彼に質問するといいですよ。うちの団の裏方の古株ですから。小道具、大道具、管理責任、大体やってますね」

「……じゃあ」

一番怪しい人ってことじゃないのか。俺が目くばせをすると、新海さんは笑い飛ばした。

「正論だけど、あの歳《とし》で金庫を動かすのは無理だよ。衣装合わせでジュエリーがなくなった時なんか、心臓麻痺《まひ》を起こしそうなくらい真っ青になって、いっそ殺してくれなんて言い始めたんだから。ジュエリーが出てこなかったら彼が死ぬんじゃないかって、みんなでハラハラしてたくらいだもの。あ、でもシロに見せかけてクロもあり？」

「探偵の真似ごとをする気はないのですが……」

「すみません。でも小道具の管理責任者ですから、石のクオリティとか、弁償の時の保険の仕組みとか、そういう書類に興味があるなら、声をかけてみてください。それじゃ、これで」

　階段を下りていった新海さんは、踊り場でくるりと振り向くと、美しくお辞儀した。その瞬間、空気の重さが変わる。彼女の手足のまわりだけ、柔らかに見える魔法がかかっているようだった。だが階段を下り、廊下に消える最後の瞬間、明るい笑顔はすっと引っ込み、こわばった白い表情が残った。気を張っているのは間違いないらしい。

　エメラルドのダンサー。トラブルを起こすジュエリーを身につけて踊る人が、谷本さんの大事な友達。俺は思わず呻《うめ》き声を漏《も》らしていた。これは責任重大だ。

　バレエ団の建物を出てすぐのところに、安くてお馴染みのイタリア料理チェーン店があった。あまり人目につかないボックス席を確保し、ドリンクバーを二人分頼んだ俺が、セルフサービスの水を汲んでくると、リチャードはそれで？　と手を組んだ。わかっているらしい。

「質問は?」

「全部だ。全部わからない」

「どこから?」

「『一昨日の電話』ってところから頼む」

リチャードは面倒くさそうな顔をしたが、わかりましたよと言って語り始めてくれた。

金曜日の夜、リチャードは片浦監督から電話を受けた。宝石のことなのでよければ一度見てもらえないだろうかという。おはらい相談なのか探偵の依頼なのか、いずれにせよ畑違いなのでとお断りしたが、土曜日の突然の訪問に加え、俺が新海さんの知り合いだったことも重なって、見るだけは見るという約束になってしまった。

「あのエメラルドはどうだったんだ?」

「ぱっと見たところでは、何の変哲もないジュエリーでした。呪いの有無という話でしたら、オカルティックな能力をお持ちの方に相談するべきでしょう」

「だよなあ……」

宝石を見ただけでそんなことがわかるなら、リチャードはもう少し楽をして稼げる気がする。俺はスマホの画像フォルダを呼び出した。新海さんからもらったＤＭの画像。『ジユエルズ』という文字。

「解説、頼む……」

「インターネットの検索サービスという機能はご存じですか？」

「頼むよ！　俺は横文字は苦手なんだって。ドリンクバーおごるから」

「私の名前を全部暗記したと笑っていたのはどこのどなたです」

「それは『横文字』じゃなくて『お前の名前』だろ。特別な相手の名前くらい覚えるよ」

リチャードは思い切り俺から目を逸《そ》らし、コップを摑《つか》むと水を飲み始めた。喉《のど》が渇いていたようで、すごい勢いで飲んでいる。おかわり注いでこようかと俺が腰を浮かせると、座れと手で促した。これはスイッチが入ったか。

「……昔々あるところに、ジョージ・バランシンという男がいました」

「難易度はイージーで頼むぞ。登場人物少な目の、ダイジェスト版で」

「黙って、聞け」

「はい」

バランシンさん家のジョージさんは、ロシア生まれの人で、フランスで仕事をし、アメリカでバレエ団をつくった人だという。故国ロシア風に発音すると、もっと難しい発音の名前になるそうなのだが、彼が没したのはアメリカだったので、英語読みの『ジョージ』

が一番通りがいいらしい。外国の人の名前は難しい。

「一般的にバレエというと、おとぎ話をベースにした世界観の中で、主役のバレリーナが姫君の役を踊り、最後はハッピーエンドという形式の古典バレエを連想しがちですが、バランシンが広めたのはより新しいかたちのバレエでした。この『ジュエルズ』もその一つです。物語がありません。プロットレス・バレエと呼ばれます」

ストーリーのないダンス。ただ踊っているだけということか？　高校のダンス部の練習のように？　いやプロが踊るのだからテクニックは雲泥《うんでい》の差だろうけれど。

バランシンの円熟期の作品だという『ジュエルズ』は、彼の人生に大きな影響を及ぼした三つの国を、それぞれ宝石にたとえた三幕構成のバレエだという。

一幕はエメラルド、モチーフはフランス。

二幕はルビー、モチーフはアメリカ。

三幕はダイヤモンド、モチーフはロシア。

「新海さんの穴埋めクイズはそれか」

「その通りです」

ネックレスを見せてくれたあと、片浦監督はエメラルドのティアラを見せてくれた。ネックレスと揃いでデザインされた品物らしい。ダイヤとルビーの模造宝石のアクセサリーも出してくれた。そっちの二つは俺にもすぐ偽物とわかる代物だった。ダイヤもルビーも、透明感が強すぎる。色つきの水晶のようだ。本物はあんなに透けない。エメラルドのほうが偽物の出来がよかった気がする。あれは別の幕で使うものだったのか。

「それぞれの宝石と国との間には、客観的な関連性はなく、ただ振付家がそれぞれの国を連想する宝石をあてはめただけです。知っていれば、ただのトリビアですよ」

「お前本当に何でも知ってるなあ」

「宝石に関することならば、です」

「謙遜になってないぞ」

「イギリスでは謙遜は美徳ではありませんので」

　イギリス、イギリスというが、今までのところリチャードは二回、フランス人かという質問を受けている。ドヴルピアンという姓が、知っている人にはフランス系に思えるようだ。でも国籍を尋ねられた時にはいつもイギリスと答えているし、それ以上のことは言わない。祖母がスリランカの人だったと俺には聞かせてくれたことがあるが、常連の客人にもその手の話はしない。ひょっとしたら家族関係がものすごくややこしいのかもしれない。国際結婚大好きな家系で、さわりの説明だけで三時間かかるような。

　あるいは単純に、つっこまれたくないのかもしれない。俺も家族に関する話はそんなに好きではない。お母さんは何時に帰宅しますお父さんの趣味は何です式に、プライバシーの暴露大会になった中学英語は苦手だった。同じことなのだとしたら、気持ちはわかる。

俺が黙っていると、リチャードはもっと話せと言われたように言葉を継いだ。

「いずれの幕も、ダンサーが宝石の役を演じるのではなく、ダンサーが宝石そのものの美を踊る作品です。振り付けはありますが、明確な筋立てはありません。国旗やお城などの舞台装置もありません。夢のような空間で展開される、たおやかな踊りです」

「何か、哲学的で難しそうだな……」

「シンプルですよ。人間の美と石の美を、重ね合わせようとしたのでしょう」

美の重ね合わせ。うーむ。リチャードみたいな作品だと思っておけばいいのか。こいつは俺の知る限り、世界で一番宝石に似ている人間だと思う。そこにいるだけでいいと思ってしまうくらいの美しさを発散している。さっきも店員さんが、リチャードの横顔をちらちら見ていてコップを倒しかけていた。若干迷惑になるくらいの美貌だ。ぼーっと見ているうち、リチャードも俺を見ていることに気づいて慌てた。睨まれている。

「私の顔がどうかしましたか」

「な、何でもない。宝石の踊りかあ。どうせなら石の産地にすればいいのにな。ルビーならタイとかミャンマーで、ダイヤはアフリカ、エメラルドは……どこでとれるんだ？」

「主に南米です。コロンビアがもっとも有名な産地ですよ。ブラジルなどでも産出しますが、今も昔も最も優れた石が出るのは」

そこまで言って、リチャードは言葉を打ち切ってしまった。

動作不良を起こした機械のように、リチャードは固まったまま動かない。目も据わっている。一体どうしたんだ。俺が顔の前で手を振ると、はっとしたように顔を上げた。

「大丈夫か……？」

「何でもありません。考えごとをしていました」

こんなにいきなり考えごとモードに没入するのは、エジソンやアインシュタインくらいのものじゃないだろうか。眉根を寄せた俺を見かねたのか、リチャードは首を横に振った。

「そうですね、先ほど新海さんにご紹介いただいた、吉田老……いえ、吉田さまでしたか。彼のお話を伺ってみるのも興味深いかもしれません。確かあのジュエリーの詳細が書かれた書類があるとか」

「おいおい。話が全然繋がらないぞ。何でいきなりバレエ団の話に戻るんだ」

「先ほどはわからなかったことが、もしかしたらわかるかもしれません」

「気になるところはないって言ってたじゃないか」

「あくまであの時点では、です」

唐突な考えごとの間に、この宝石商の頭の中では、何かが繋がったらしい。俺には全くわからない何かが。本当に大丈夫なのか。俺を促し、勘定書きを掴んだ店主を、俺は椅子に腰掛けたまま眺めた。リチャードは眉根を寄せた。

「……お前、あんなに嫌そうな顔してたのに、やるって決めたらやるんだな」

「別段あなたが責任を感じるようなことではありませんよ」

俺が怪訝な顔をすると、宝石商は呆れ顔をした。ちょっと力の抜けた眦《まなじり》と、微かに上がった眉。わからないのかとでも言いたげだ。

「あなたに巻き込まれてのことではありますが、乗りかかった船です。片浦さまから言われていたでしょう。『縁がありますね』と。そういうことですよ。あなたはどうやら人助けの星の巡りの下に生まれついた方のようですし」

「勘弁してくれよ！　俺は、その、見境なしに面倒に首を突っ込む癖があるってよく言われるけど、だからって自分の周りの人間まで巻き込みたいなんて思ってない。今回みたいに、迷惑かけることについては……」

俺は言葉をのみ込んだ。何を話しているんだ俺は。こんな、俺以外の人間には至極どうでもいい話に、熱を込めて。

「ついては？」

リチャードは食い下がってきた。何て言えばいいんだ。迷惑をかけてごめんなもうしないよと反省していることならそう言えばいいだろうが、俺はこれからもこいつにこの手の迷惑をかけそうなのに。実のない謝罪は空虚だ。しかも俺は悪いことをしていると思っていない。

言葉をもてあましている俺に、リチャードは軽く首をかしげて、ふっと笑った。

「『お前には悪いことをしていると思っている、ごめん』とでも？」

俺が目を剝いて驚くと、リチャードは呆れ半分に笑っていた。もう半分はどこか、得意げに見える。

「今日一日、どこかの誰かが柄でもなく申し訳なさそうな顔をしているから、何かと思えば図星ですか。その程度のことは百も承知ですよ」

「で、でも」

「まったく奇妙な話です。別段あなたが私を陥《おとし》れたわけでもないのに、『面倒に巻き込んだ』と恐縮しているなど。故意でもないのに面倒ごとに巻き込まれる発端を作ってしまったと気後れしているのなら、噴飯物《ふんぱんもの》の自意識過剰ですよ。あなたは同じ理屈で、自分自身にうっかり不利益をもたらした相手にも、同じリアクションを求めるのですか？　不毛です」

「……心配してやってるんだぞ俺は。繊細なリチャードさんが変な仕事の受けすぎでぶっ倒れたりしないかって」

「ご心配いただかなくとも、私は繊細でも柔《やわ》でもありませんよ。どうしますか。私はもう一度バレエ団に戻りますが、あなたは電車で帰りますか?」

よく言うよ。お節介な俺の返事なんか、百も承知だろうに。

俺が鞄を持って立ち上がると、リチャードはにやりと笑った。第二ラウンドの開始だ。


長い一日の終わる頃、俺は高田馬場《たかだのばば》のワンルームで電話をかけていた。相手は母親のひろみではない。谷本さんだ。授業に関係のない夜の電話なんて初めてだったので、いざ繋がるまでは肩肘《ひじ》を張ってしまったが、話題が話題だったので、俺の心配は杞憂《きゆう》に終わった。

『エメラルドが呪われている……?　おかしな話もあったものだね。亜貴も水くさいな。私にも相談してくれればよかったものを』

石の話が関わると、俺の愛する谷本さんは非常にダンディになる。鉱物岩石同好会の会長を務めていた頃から変わらない癖であるらしく、当時のあだ名はゴルゴ谷本だったそうだ。渋い。かっこいい。頼りがいがある。女の子の肩書きにはちょっとごつい気もするが、実際目にすると、それ以上似合うニックネームが浮かばないから困る。

『しかし申し訳ない。せっかくの亜貴の晴れ舞台なのに』

「いいよ、いいよ、俺が二人分観てくるから」

『実習、どうしても落とせないんだ……』

教育学部の谷本さんは、時々実習の授業で学校に来なくなる。提携先の学校での実習に赴くらしい。相手先があってのことなので、当然休めない。

『ジュエルズ』の公演本番の日曜日まで、残すところ二週間。

ただでさえ大変な時だろうに、バレエ団の人たちは、気を張っている様子だった。

『正義くん？』

「あ、ああ……何でもないよ」

俺は話題を戻して、新海さんのことを尋ねてみた。高校一年の途中までは一緒だったというが、国際コンクールで入賞してからは、本人の話してくれた通り、フランスへ学びに行ってしまったらしい。

『大きな役を踊るという話は、同好会のメーリングリストで知っていたんだ。初めての大役頑張ります、とね。闘病している先輩のことも、幾らか聞いたな。病気にいい石はないかとか、相談を受けたこともあった。でもまさか……そんな大事《おおごと》になっているとは』

谷本さんは試しにと、俺のスマホに動画のＵＲＬを送ってくれた。新海さんが出たバレエのコンクールは、動画サイトに公式チャンネルを持っていて、過去のファイナリストたちのダンスが観られるようになっていた。

今より少し小柄に見える、白いバレエ衣装を着た新海さんは、コンクールのロゴの入った舞台の上で踊っていた。頑張って笑おうとしているが、緊張からか表情は少し硬い。

バレエは、優美だ。

足の一歩、指の動き一つにしても、がちゃがちゃしない。腕も脚もまっすぐに伸びるし、爪先立《つまさき》ちしているのに、決して転ばない。いつも淡く微笑んでいるので、危なっかしいとも思えない。そういう風に生まれついた生き物が、楽しそうに遊び戯《たわむ》れているようにしか見えないのだ。本当はものすごい努力と労力と忍耐の結晶であるのに。

どう？　と言う谷本さんの声が聞こえた。リアルタイムで同じ動画を見ていたらしい。スピーカーホンにした通話を、もう一度通常モードに切り替えて、俺は顔にスマホを当てた。このほうが彼女の近くで喋っている感じがする。

「すごいよ。俺、素人もいいところだけど、うまいと思う。でも……今日、新海さんの練習風景、見せてもらったんだけど、何倍も上手になってるね」

『それはそうだよ。このコンクールはもう、何年も前の動画だもん』

谷本さんは当然のように言った。俺はバレエ団を再訪してからのことを思い出した。

宝石謎解きの第二ラウンドは、ほぼリチャードの独壇場だった。片浦監督が運よく門前にいる俺たちの前を通ってくれたので、便宜を図ってもらい、リチャードは吉田老人を紹介してもらった。こんな時に外部の人間を中に入れたくないと吉田老人は繰り返し主張したが、片浦監督が穂村さんの名前を出すと黙ってしまった。穂村商事は相当大口のスポンサーらしい。結局ねばり勝ちで、リチャードはバレエ団の事務所に通された。多分例の書類を見せてもらうのだろう。

一人だけならいい、という条件だったので、俺は入り口で待つことになった。そのまま手持ち無沙汰《ぶさた》なのもつらいので、片浦監督は俺をレッスン室に通してくれた。新海さんたちが通し稽古をしているところだ。いいんですかと俺は目を剝いたが、よければと苦笑する片浦監督の顔に、俺は気づいた。監視カメラをつけたとは言っていたが、カメラのある場所はかなり限られているのだろう。俺みたいな部外者は、大勢の人間がいるところにいてもらわないと困るのだ。だったら従ったほうがいい。

大学の教室くらいの広さのレッスン室は、四方が鏡張りになっていた。二十人くらいの団員の中央で、新海さんが踊っている。俺がおずおず入っていっても集中力は途切れず、中央の椅子に腰掛けた先生らしき人の指示に従って踊り続ける。同じ場面の練習ばかり続くので、ピアニストは同じところばかり弾かされていた。周囲にいるダンサーたちは場所移動の確認をしているようで、Tシャツやタイツ姿で、レッスン室をいったりきたりしている。男性ダンサーは二人だけ。ものすごく細くて、顔の小さい美男美女揃いで、どうしてそんなに関節が開くのか理解に苦しむ動きを習得しているほかは、俺とそんなに歳の変わらない人たちの集団だった。形だけ俺と同じ、中身の違う生き物としか思えなかった。

新海さんを中央に、何人もの女性たちが動き回るシーン。彼女がゆっくりと片足を頭の横まで上げてバランスをとると、先生がすかさず上げ方が早いと言った。三回同じところをやり直したが、新海さんは一度もつらい顔をしなかった。笑っている。そのあとも何度も、新海さんへの指摘はピンポイントで続いた。

最初は変な話だと思った。素人目に見ても、彼女が一番うまいのに、何で細かいところばっかりあげつらうのだろう。そう思ってから考え直した。真ん中に入る人が一番うまいのは、当たり前だ。他の人ではなく彼女が真ん中にいるのだから。もっとうまく、違和感の欠片《かけら》も見当たらないくらい完璧に仕上がらなければ、立ってはいけない場所なのだ。

一度休憩、とやり直し稽古が中断した時、彼女は自分をいたわるパートナーの男性ダンサーに、にっこり微笑みかけていた。

「大丈夫です。頑張らないと。美奈子さんに笑われちゃいますからね」

片浦美奈子。

その名前が出た時のレッスン室の異様な空気は、肌で感じられるほどだった。何でそんなことをわざわざ言うの、とばかりに嫌な顔をする人、やりきれないとばかりにうつむく人、新海さんのほうを心配そうに見る人。ほんの一瞬だった。休憩が終わればみんな、きらきら輝くダンサーに戻る。でも確かに、みんな同じことを考えている。

奇妙な事件の原因は、本当に『呪い』なのか？　と。

新海さんは信じていない、のだろう。少なくとも彼女はそんなことを信じていないと公言していた。ありえないと。俺が彼女の立場だったとしてもそう言うと思う。志《こころざし》半ばで世を去った尊敬する先輩の後釜《あとがま》に座って、舞台の真ん中に立つことになったのに、彼女を理由に我が身の『不運』を嘆くなんて、できるはずがない。

新海さんの微笑みが、俺には何だか痛々しくなった。舞台の輝きに押し潰されないための最終防衛線のようだ。考えすぎだと、わかってはいるけど。

一時間ほど見学しているうち、俺はリチャードに肩を叩かれ、再びバレエ団を退出した。エメラルドの謎解きには全く貢献できなかったが、すごい世界を垣間見てしまった。

「……谷本さんは、新海さんと小さい頃から友達だったんだよね。昔からあんなにすごい人だったの？」

『うん。すごかったよお。頑張り屋さんだった。亜貴の理想のダンサーってね、明日も明後日もその次の日も、死ぬまで頑張れるような人のことなんだって。私無神経だったから、つらくないのって聞いちゃったの。そうしたら笑ってた。つらいけど楽しいって。昔から優しかった』

明日も明後日も。マラソンランナーのような言葉だ。ダンサーはみんな、そういうことを考えるのだろうか。

だとしたら、年若いうちにこの世を去らなければならなかった人の悲しさ、悔しさは、いかばかりか。

いやいや、だからって呪いなんて短絡的すぎる。片浦美奈子さんはいい人だったと新海さんだって語っていた。俺だったら、死んでも自分の好きな人たちに悪いことなんかしたくない。それこそ死んでも死にきれない。大切な人が困っているなら少しでも役に立ちたい、くらいは思うかもしれないけれど――やめよう。オカルトの世界だ。

俺はもう一度、エメラルドの話についてどう思うかと、谷本さんに問いかけた。怪現象が二回。死んだバレリーナ。彼女はふんわりしている砂糖菓子の妖精さんみたいな女の子だが、芯はとても強くて、冷静な人だ。

『ねえ、正義くんは、昔のフランスの舞台にまつわるジンクスを知っているかな』

この口調、どうやら別の谷本さんが戻ってきたようだ。全然知らないと俺は答えた。フランスのジンクス？

『緑を着ている役者は早死にする、という話があってね』

緑。エメラルドの緑。それが早死に？　心霊現象の話じゃないよねと俺が尋ねると、ゴルゴ谷本はもちろん違うよと請け合ってくれた。

『昔から緑の衣装の染色には、緑青《ろくしょう》という物質が使われていたんだよ。銅の錆《さび》だ。今でこそ毒性が弱いことは証明されているけれど、近代までは猛毒だと思われていた』

「なるほど、それで……でも今は」

『もちろん嘘《うそ》だとわかっている。舞台衣装が人の寿命を決めるなんてナンセンスだよ。人の技術は少しずつ、でも着実に進歩してきたんだ。だから私は、前に進もうとする人の妨げになるようなお話は信じない。物が人を呪うなんてことはない。服でも、石でも。確かにそう思っている』

力強い声だった。俺はリチャードがことあるごとに繰り返す言葉を思い出した。

人間は己の本当に望む方向へ、自分を育ててゆく生き物だ、と。

それがその人にとってよい方向なのか、悪い方向なのかはわからない。塞翁《さいおう》が馬みたいな言葉だ。でも何よりあいつが言いたがっていることは、どうにもならない時には諦めろというシニシズムなんかじゃなくて、目指す場所があるなら根性を見せろという発破だと思う。うん？　ということはあいつは、麗《うるわ》しい顔をして、わりと熱血漢ということになるんだろうか？　俺みたいな？　さすがにそれはないか。

『今回のエメラルドは、亜貴の二度目の試金石なんだと思う。コンクールで入賞して、フランスに留学して帰ってきて、今までもずっとプロのダンサーだったけど、主役級の役を演じる機会って、私が今まで観た範囲ではほとんどなかったから。今回は大抜擢《だいばってき》なんだ』

「本当に新海さんとは仲がいいんだね」

『うん。亜貴は私の、えっと、生みの親みたいなところがあるから』

「……えっ、生みの？」

『間違えた、名付け親！　ゴルゴってあだ名の命名者なんだ』

ああ。新海さんだったらありうるかもしれない。俺は噴き出しそうになった。

「面白い名前考えるもんだなあ。中学生の時？」

『うん。近所の美容院の待合室、古い漫画がたくさん置いてあって、私の友達、大体そこに通ってたから……ちょっと恥ずかしかったけど、亜貴がそう呼ぶならいいかなって』

「俺その名前好きだよ。かっこいいじゃん」

『そうかな』

「頼り甲斐あるダンディって感じだよ」

『……そんなこと言われたの、初めてだよ』

谷本さんの声に、俺はきゅんとした。もしかしてこれは、何だかいい雰囲気なのではないだろうか。夜の長電話なんて定番すぎる。気づいた瞬間、心臓がものすごい勢いで全身に血液を送り出し始めた。やばい。またどもりそうだ。

『正義くん、亜貴をよろしくね。すごくいい子なの』

「……俺にできることなら何でもするよ」

『本当にありがとう。じゃあ』

おやすみ、と彼女は言った。おやすみ、と俺も応《こた》えた。

エメラルドの呪いの話はちっとも片づいていない。解決の糸口も見えない。でも今の俺は夢の国にいるような気がする。量販店のたたき売りで買ったベッドにあがると、俺は猛然と枕に頭突きを始めた。幸せだ。今俺はとても幸せだ。数分後、新海さんからメールが来るまで俺の幸福は続いた。

『中田くんへ。さっき晶子から電話があって、君が私のことを好きみたいとのことでした。君、勘違いさせてない？　もっと頑張ったほうがいいよ』

うわあああー。

違う。そういうことじゃない。谷本さん違うんだ。違うんだよ。何故彼女は俺の好意を間違った方向に解釈することが神がかり的にうまいんだろう。つらい。とてもつらい。恋愛の神さまは俺に何か恨みでもあるのだろうか。新海さんが察しのいい人で助かった。

ひいひい言いながら、誠に申し訳ございません引き続き頑張りますと新海さんに返信し、声にならない声で呻いていると、思いがけない追伸が来た。

『リチャードさんから連絡があり、金曜日にもう一度来てくださるそうです。何か聞いてる？　監督が怖い顔をしていました。私もちょっと怖いです』

金曜日にもう一度？

そんな話は全然聞いていないと返事をすると、新海さんはそれ以上メッセージを送ってこなかった。どういうことなんだろう。メール魔のきらいのあるリチャードに、俺は恐る恐る連絡をしてみた。新海さんからの連絡のこと。金曜日の再訪の話は本当か、と。

返信は迅速だった。相変わらず短いメールを連続で叩きつけてくる。

『来週の金曜日の午後一時、五反田のバレエ団に向かいます』

『特別手当てを出すので、都合が合えば来るように』

『詳しいことは当日話します』

『場合によっては少し危険なことがあるかもしれません』

危険なことって、どういうことだよ。

今電話をかけても大丈夫かと書き送ると、障《さわ》りがあるとリチャードは返事をした。もう夜だが、出先にいるか、まだ仕事中ということだろうか。詳細を頼むと送ると、返事が来なかった。無駄に不安を煽《あお》るのはやめてくれ。何でもないと言ってくれ。

あるいは――何でもなくないということか？

シャワーを浴びて部屋に戻ると、リチャードから一通だけメッセージが入っていた。

『来ますか？』

当たり前だ。

その一言だけ返信して、俺はベッドに入った。リチャードが何を心配しているのか知らないが、こっちの肚《はら》はもう決まっている。絶対についていかなければならない。俺は谷本さんと約束したのだ。彼女の大事な友達を守ると。

授業に身の入らないまま過ごしていると、木曜日の夜、リチャードは俺にもう一度メールをくれた。

『ネックレス紛失未遂。三度目』

正直、少しは、予感していた。でも現実になってほしくなかった。

もうわけがわからない。三度目の未遂。本当に内部犯の仕業であるなら、こんなにしくじり続けるとも思えない。やはりこれはオカルトなのか？　そんなまさか。でも。

もう何が何だかわからない。明日になれば、この謎は解決されるのだろうか。

どうなんだよ、リチャード？


金曜日の昼。俺は片浦バレエ団の門をくぐっていた。スーツのリチャードは、いつもと変わらない涼しい表情をしている。来館予定者として聞いているのか、警備員さんは何も問わずに俺たちを通してくれた。リチャードに挨拶をしていたから、顔見知りになってしまったのか。

去る火曜日、リチャードはこの施設を訪れてたらしい。俺抜きの第三ラウンドだ。片浦監督と話をしたそうだ。

リチャードの話を、監督は最初は信じてくれなかったそうだが、本番まであと一週間である。腹をくくるには今しかないだろうと決断してくれた。

一階の小さなレッスン室の並びを抜け、さらに奥へと進むと、小さな体育館のような分厚い扉があった。小さな音楽堂のようなホールだ。リチャードは俺に目くばせして、扉を開けた。途端にピアノの音が溢《あふ》れだしてくる。今は練習中だ。

小さなホールは照明が落ちていた。一段高い場所に設《しつら》えられた舞台の上だけが明るい。ドレスリハーサルの最中だ。暗闇にまぎれてホールの中に入ると、舞台上に新海さんの姿が見えた。あのアクセサリーはつけていない。舞台衣装の人たちが舞台の上を動き回り、下の座席にはパーカーをひっかけた脚の長い人たちが座っている。片浦監督は最前列中央にいた。舞台の下では、ピアニストが彼女の指示通りに音楽を奏でている。

この世の『きれい』の総決算みたいな光景だ。でも、今はうっとりしている時ではない。ピアノの音が止まると、ホールの照明が戻る。口ぐちに喋り始める団員たちを諫《いさ》めるように、片浦監督が軽く手を叩いた。

「少し聞いてください。皆さん全員にお話があります」

片浦監督は静かな声をしていた。顔色は白く、表情は硬い。

俺はホールの入り口でかたずをのんだ。隣のリチャードもじっと構えている。

「このエメラルドのネックレスにまつわるお話です」

監督は膝の上に、びろうどの箱を持っていた。新海さんが身につけていなかったエメラルドのジュエリーだ。ホールの中に緊張が走る。

「先日のリハーサル時にも、こちらが紛失しかけました。このネックレスにまつわる怪現象は、これで三度目です。さすがに私も不安になりまして、この件を、マリエンバードに相談してみました」

ホールの中にざわめきが広がった。おたくから借りたジュエリーが呪われているみたいで怪現象が頻発《ひんぱつ》するんです、などと相談したわけではないだろうが、性質《たち》の悪い因縁か、冗談としか思ってもらえないだろう。だがここまで状況が切羽詰まれば、話は別か。

片浦監督は凜《りん》とした声で告げた。

「私たちのバレエ団にとって大切なジュエリーではありますが、これ以上異変が続くようであれば、一旦お返しするほうが安全なのではないかと、誠意を込めてお尋ねしました。ですが残念なことに、『返却してほしくない』とのお返事をいただいてしまったのです」

ざわめきが広がる前に、片浦監督は言葉を継いだ。

「呪いであるにせよないにせよ、不可思議なものがアクセサリーについている可能性があるのなら、それは私たちの手元で処理してほしいということでした。超常現象を信じるわけではありませんが、向こうも不穏なものを返却されるのは好ましくないのでしょう。相談がつきまして、エメラルドのネックレスは、当バレエ団が無期限で預かることになりました」

ざわめきは大きくなる一方だった。ありえない、という声が聞こえる。それはそうだろう。ジュエリーには保険がかかっているはずだ。いつからいつまで借りるという期限を区切ってのものである。その適応範囲外に及んでまで貸し出しをするなどありえない。それに片浦監督が、『呪い』の話を認めたことになる。団員の誰しもに愛されていたというバレリーナが、そんなことをするはずがないと、新海さんだって言っていたのに。舞台の上の新海さんは、重苦しい雰囲気の中で、黙って爪先を見ていた。俺が片浦監督から彼女の姿に視線を移した、その時。

あのう、という声がホールに響いた。

下手《しもて》側の通用口からまろびでてきたのは、小さな男性だ。吉田老人である。

「…………それは本当のお話ですか？」

ツナギ姿の小柄な老人は、おずおずと片浦監督に近づいていった。監督は頷いた。

「本当です。公演が終わり次第、こういうお話に強い寺社仏閣《ぶっかく》を探す予定です」

「いやいや、そんな。向こうだって返してもらったほうがいいでしょうに」

「私もそう思ったのですが、相手が嫌がることはどうしようもありません」

「もう少し冷静な話し合いを持てんかったんでしょうか。だって、こんな大事なものを」

「であるからこそ、ケチがついた状態のまま返してほしくないのでしょう。これは両団の間での決定です。覆《くつがえ》ることはありません。どのくらいかかるかはわかりませんが、まあ、二カ月か三カ月か、あるいはもっと長い間、返却できないかもしれませんね」

俺は頰《ほお》に力を込めた。飛び出さなければならないタイミングがあるとしたら、もう秒読みだろう。勇《いさ》み足を踏みそうになった時、誰かが俺の腰をぐいと後ろに引いた。

リチャード。

俺を後ろに回した店主は、音もなく吉田老人に近づいてゆき、そっと背後から肩に手を置いた。小さな体が引き攣《つ》ったように振り向く。

「こんにちは。吉田照秋《てるあき》さまですね」

「……あんたは、宝石商さんの」

「はい、そう名乗りました」

場にそぐわないほど、はきはきしたリチャードの声。吉田老人の表情がこわばる。駆け引きのような沈黙のあと、リチャードはにこりと微笑んだ。

「見事な采配です。これではＤＥＡも手を焼くことでしょう」

「…………！」

「思い当たることがおありのようですね」

息をのむ音が聞こえた。吉田老人は、糸が切れたように床に突っ伏してしまった。ああ、ああ、という呻き声は、涙声だ。慟哭《どうこく》している。

「おしまいだ、これでおしまいだ……！　殺される……！」

死に絶えたような静寂のあと、ホールの中は騒然とした。

激動という言葉がある。激しく動くという字の通りの意味だ。この十日間はまさにそれだった。バレエ団も俺も、そしてリチャードも。一週間後の日曜日に至るまでに、一カ月くらい経ったんじゃないかと思ってしまう。密度が濃すぎた。

九階建ての大きなビルディングのエントランスホールで、俺はひたすら待っていた。今は午後の二時だから、もう四時間近く居座っていることになる。近くのコンビニの雑誌はあらかた立ち読みしてしまった。病院の待合室によく似た雰囲気だが、入り口には警棒を持ったおまわりさんが立っている。何度か交替があった。ご苦労さまです。リチャードを警察で待つのはこれが三度目である。一度目は初めて会った駅前の交番、二度目は吉田老人を伴って行ったあの日だ。

不意に、エレベーターが下りてきて、中から金髪碧眼《へきがん》の男が現れた。シックな黒いジャケットとパンツ。ぴかぴかの飴《あめ》色の革靴。ホール中の人間の視線が自然に集中する。いつものことだがこうして見ると、何だか視線の檻のようだ。俺は手を上げて、リチャードに近づいていった。ジーンズはやめたほうがいいと言われたので、なるべくきれいなブラウンのパンツに、上は襟《えり》のあるシャツを着ている。

「お疲れ。大変だったなあ。まだ三時前だぞ。セーフ」

「…………いつからここに？」

「どうせ現地で集合するなら、ここに来たって同じだろ。懐かしいな。お前、似たようなこと初めての時にも言ったぞ」

「初めての時？」

「原宿《はらじゅく》の交番。俺が最後まで付き添ったら別に待たなくてよかったのにって。もう引き上げていいのか？」

「無論です。引き止められても帰ります」

「了解。さっさと行こう」

かけつけ一杯の感覚で、俺は自動販売機で買っておいたミネラルウォーターをリチャードに渡した。昭和のドラマのようにカツ丼でも出たのだろうか。いや出たとしてもこいつは食べないか。涼しい顔でロイヤルミルクティーを要求するだろう。

「想定外に長引きました」

「俺はそんなに意外じゃないな。お前は聞き取り調査の甲斐がありそうだし」

「…………」

何か言いたげにリチャードは俺を睨んだが、何も言わなかった。相当疲れているらしい。勢いよく水を飲む姿が何だか不憫《ふびん》だ。水くらいは自由に飲ませてもらえたと思いたい。

　本日の用件は、片浦バレエ団に関する事件の聞き取り調査だった。リチャードは被疑者ではないが、重要参考人として呼ばれている。あの金曜日にも聴取は入ったのだが、あまりにも事件が込み入っていたため、一度では終わらなかったらしい。被疑者でもない人間をこんなに何度も呼ぶこともあるのだと、俺は初めて知った。呼ばれるほうはいい迷惑だ。

　駐車場に停められたジャガーに乗り込み、リチャードがいつもより少しだけ荒っぽくハンドルを切るのを眺めながら、俺は控えめに声をかけた。種明かしがまだ随分残っている。

「確認するけど、エメラルドのことを質問されたんだよな？」

「それ以外の何だと？」

「かっかするなって。あのネックレスはどうなったんだ？」

「厚生労働省の麻薬取締部の管理下に置かれるそうです。日本の麻薬捜査は、警察ではなくあちらだそうですので……言うまでもないことですが、この話は」

「まだオフレコなんだろ。わかってるよ」

　吉田老人は麻薬の取り引きに関与していた。

　大麻や危険ドラッグなどではなく、コカインの。それも大量の。

　あのホールで泣き崩れたあと、吉田老人は許してくださいを連発し、どうか警察に保護してほしいとまで言い始めた。あっけにとられる団員一同の中で、リチャードと片浦監督だけが硬い顔をしていた。ただ一人、騒ぎに乗じて外に出ようとする男がいたので、手筈《てはず》通り俺が引き止めると、彼は吉田老人の孫だった。

　怪我人もいないし窃盗犯《せっとう》を捕まえたわけでもないので、パトカーを呼ぶわけにもいかず、俺たちは片浦監督の運転する大型車で、この警察署まで出向いた。

　あのエメラルドのネックレスを持って。

　そこからは早かった。吉田老人は洗いざらいを告白し、慌てふためく吉田孫を、お前さえいなければこんなことにはならなかったと罵《ののし》った。

「未だに納得できないんだけどさ、どうしてあんな、枯れ木みたいな体のどこにでもいそうなじいさんが、麻薬の取り引きなんかに手を出せたんだ？　どうやって？」

　リチャードは口をつぐんでいた。きっと今日も何時間も話し詰めだったのだろう。いい加減口を使いたくない頃合いか。よし、手を替えよう。

「お前、生キャラメルとか好き？　昨日買ったやつだけど」

「………………どこの」

「駅ビル催事場の北海道物産展。領収書もちゃんとある」

　俺は鞄から四角いキャラメルの箱を取り出した。煉瓦《れんが》色の小箱に、両端を縛ったビニール包みの、茶色いキューブが六つ。バターたっぷりの濃厚な味がするが、ドライフルーツがまじっているので、後味は不思議とさわやかだ。

リチャードはたっぷり十秒程度、悪魔と取り引きする老博士のような顔で唸《うな》ってから、手が離せないので遠慮しますと言った。なるほどよくわかった。俺はキャラメルを一粒剝《む》いて、指でつまんで運転席に差しだした。信号待ちになったあたりで、美しい大魚は餌《えさ》にかかった。ゆっくり味わって嚥下《えんか》したあと、リチャードは渋々といった体《てい》で語り始めた。

「あなたとバレエ団に戻ったあと、片浦さまから一つ気になるお話を伺いました。マリエンバード・バレエという組織から空輸されてきた際、あのネックレスは一部が破損していたというのです。規定があるそうで、保険金が下りる特定の業者で修復してもらうというシステムになっていたそうですが、ここからが既に仕組まれたやり取りでした」

歴史あるマリエンバード・バレエは、過去には確かに活躍していたが、現在は経営不振でほとんど活動休止状態、舞台衣装の貸し出し会社のような形で存続している。というのが片浦監督の認識だったが、捜査の結果浮かび上がってきた実態はまるで異なるものだった。経営者がまるごと変わったあとのバレエ団は、アメリカを拠点としたペーパーカンパニーとして、麻薬取り引き組織の隠れ蓑《みの》にされている可能性が高いらしい。

何も知らなかった片浦監督は呆然《ぼうぜん》自失の体だったが、実際にやりとりをしていた吉田老人は実情を知っていた。バレエ団でのキャリアが伊達《だて》に長かったわけではないようで、彼は英語にも堪能だった。麻薬取り引きは、久々のレンタルのため相手方とやりとりをする過程で持ちかけられたという。

「手筈はこうです。最初から破損していたエメラルドの台座に、マリエンバード・バレエの裏にいる組織とぐるになった修理業者が、手を加えます」

「手を加えるって……お前が見抜いたっていう?」

「ええ」

合成宝石が配置されているはずの場所に、一粒だけ本物のエメラルドがセッティングされていました――と、リチャードはこともなげに言った。あまりにもフローレス、つまり傷がなさすぎて、人造物と見間違えるほどのクオリティのものだったと。

第二ラウンドでリチャードが吉田老人に見せてもらった書類というのは、ジュエリーの設計図のようなものだったらしい。五つのモチーフの真ん中の五粒だけが本物、あとはフェイク、作成予算が何千ドル、という保険用の証明書だ。それ以外の場所に、本物のエメラルドははまっていない。

はずだったが、リチャードの瞳は『あるはずのない』本物のエメラルドを見出した。

「……どうして二度目でわかったんだ?　合成宝石のエメラルドって、玄人《くろうと》でも真贋を見分けるのは大変って読んだぞ。コツとかあるのか?」

「慣れです。私も最初に観察した時には、全てフェイクだと思い込んでいましたが、どこかに異様にクオリティの高いエメラルドがあると思って観察してみれば、話は別です」

「そこから俺には謎だよ。何で二度目でそんなことを思いつくかな……？」

「話を続けますよ。吉田老人が、本物のエメラルドのはめ込まれたネックレスを受け取り、公演が終了次第マリエンバードに返却、実際に麻薬を密輸している人間が、該当箇所のエメラルドを麻薬と交換。これで違法薬物の安全な取り引きが成立します。マネーロンダリングの一種ですね。吉田老人は『手間賃』として現金を手に入れるという算段でした」

計画がくるったのは、吉田老人と同じく、舞台関係の整備役をしている吉田孫の存在だった。フリーターの彼はおじいちゃんの口ききでバレエ団の雑用に入ったはいいものの、懐《ふところ》はかつかつで、調べたところによると軽度のドラッグ中毒者だったらしい。

金に困って小遣いをせびってくる同居の孫に、吉田老人はそのうち大金が入るから我慢しろと話してしまった。吉田孫は目を輝かせ、それはどういう話なのか、自分も手伝えるのかと祖父を尊敬のまなざしで見た。吉田老人は、大人しく待っていろとだけ伝えたという。吉田孫は、もちろん大人しくは待たなかった。祖父の身辺をかぎまわり、無理やりプロテクトを外した横文字のメールを自動翻訳に叩きこみ、エメラルドのネックレスに謎がありそうだというところまで突き止めた。

「そこは新海さんからも電話で聞いたよ。片浦監督が話してくれたって」

「吉田老人が計画の全貌を孫に話さなかったことが、不幸中の幸いだったようですね」

「……シュールな話だよなあ。麻薬仲介業のじいさんと、何も知らないのにネコババを狙う孫なんてさ」

　吉田孫はエメラルドのネックレスの持ち逃げを計《はか》った。詳細はわからないが、きっとみんなの噂とは違ってこれは大金をもたらすものなのだろう、だったら自分が質屋に売り払ってもいいはずだ、あとは野となれ山となれ、と。

　もちろんうまくゆくはずがない。金庫ごと持ち出そうとした時は、片浦監督と吉田老人に見つかって諦めたという。廊下に出ていた金庫は「ここは私が見張っている」と言った吉田老人が、金庫の後ろに隠れていた孫と一緒に、監督が戻ってくるまでの間に頑張って元に戻したそうだ。

　ドレスリハーサルの途中に持ち出して逃げようとした時にもまた、事情は言えないが後生だからやめてくれと泣くおじいちゃんにほだされてやめ、結局計画は失敗した。

　もちろん、孫がネックレスを盗もうとしているなどと片浦監督に申告すれば、吉田老人の計画も無事では済まない。仕方なく二人で口裏を合わせ、隠ぺい工作を講じた結果、怪奇現象としか言いようのない事件が生じた。

「結果的にはよかったのかもしれないな。内輪もめでバレたんだから……いや……バレなかったのか……？」

そうだ。オカルト事件が、ただのオカルト事件のままであったら、バレはしなかっただろう。ネックレスが返還された時点で、取り引きは成立してしまうのだから。

リチャードがいなければ。

だからこそ、警察もこいつを重要参考人として呼んだのだろうが。

「あの時の店で、バレエ団に戻ろうと思ったきっかけは何だったんだ？　お前がいきなり『考えごと』モードになったから、びっくりしたんだぞ」

「きっかけというほどのものはありませんでしたよ。あなたと話している間に、もう一度ジュエリーを見せていただくのも悪くはないかと思ったのです。アンティークの特徴や、何か特殊な石を見落としている可能性もあるかと思いましたし、気にならない程度でしたがどこかに違和感があったことも事実です」

二度目の鑑定で、恐らく偽物だろうがひょっとしたら本物かもしれないエメラルドを見出したリチャードは、それが目立たない端っこのほうに取りつけられていたことを訝《いぶか》った。その後リチャードは、片浦監督から到着前の破損と修復の話を聞き、疑問を深めた。そして監視の目を光らせている吉田老人が、一度トイレに立って事務所を留守にした時、うっかりデスクに出ていたので見えてしまった——とリチャードは申告していたのできっとデスクをごそごそ漁《あさ》ったり書類を盗み見たりはしていないだろう。もちろん——という見慣れないジュエリーの修理業者の名前から、電話番号を調べ、実際に電話をかけてみたところ、そこは修理業者ではなくただの仲介業者だった。吉田老人の名前を借り、代理人としてバレエ団の首飾りをどこの修理業者に送ったのかと尋ねると、結果としてリチャードの予測は的中した。

ネックレスを『修理』したという組織は、警察の話によると、暴力団関連の施設だったということである。

「……ぞっとしない話だな。お前が気づかなかったら取り引き成立かよ。ラッキーもいいところだぞ、スーパーヒーローもびっくりのタイミングで……あ、別に変な想像してるわけじゃないからな」

「捜査官の方にも、そのように言われましたね。まったく法の番人といい経済学部の学生といい、何故エメラルドの鑑別にそれほどこだわるのか。目が覚めたら新聞のかわりに石を見るという生活を五年ほど続けてみてはいかがですか？　目が肥《こ》えることは保証しますよ」

「悪かった。俺が悪かったよ。これバター味とオレンジ味があるんだけどもう一粒食う？」

よろしければとリチャードは請け合った。俺はさっきとは包装紙の違うキャラメルを、金髪碧眼の鯉《こい》の口に投げ込み、不機嫌を封じ込めた。何となく想像はつく。石が違うとわかったので怪しいと思いましたと言っても、捜査関係者に相当の宝石マニアでもいない限り、なかなか信じてはもらえないだろう。嫌な思いをしたのかもしれない。

「お前の目が鋭すぎるから、きっと捜査官の人もびっくりしたんだよ。だって普通気づけないだろ。宝石で麻薬取り引きなんて、想像しないって。宝石商ってみんなそんなに勘がいいわけじゃないないだろ？」

「勘ではありませんよ。エメラルドは産出地の関係上、このような取り引きに利用されることが比較的多い宝石です」

「は……？　エメラルドが麻薬と？　どういうことだよ」

「キャラメル」

「…………………」

「もう一粒」

「……どっちの味にする？」

「オレンジ」

フルーツ入り生キャラメルを飲みこんだあと、リチャードは淡々と話をしてくれた。麻薬と、宝石と、その産地の話を。

南米にあるコロンビアという国は、世界最高峰のエメラルドの産地であり、コカインの名産地でもあるという。麻薬で豪邸を築いたマフィアも珍しくないのだ。つい最近まで、政府が麻薬のもとになるコカの葉づくりをやめた農家に、農地をあげるキャンペーンをしていたほどだ。俺は静岡の茶畑みたいな風景を想像してしまった。国家がキャンペーンを施して禁止したがる麻薬の畑。何てこった。

「十年ほど前から、コロンビア政府はエメラルドの持ち出しを厳しく制限しています。鉱山の管理形態の問題など、他にもさまざまな事情が絡んでいますが、大きな問題に麻薬取り引きとの癒着《ゆちやく》があることは間違いないでしょう。経済学部なら、マネーロンダリングという言葉くらいは知っていますね」

「……脱税とか、麻薬取り引きとか、ともかく帳簿をごまかさなきゃいけない時に、金の出所をわからなくするテクニックのことだろ」

俺は久々にリチャードの『グッフォーユー』を聞いた。『よくできました』。経済学部に入るまであまり意識したことはなかったが、銀行というのは金融機関である前に営利組織である。貸したり預かったりしてお金を増やして儲けるサービス業だ。もし利用者の中に法令に違反する行為をしている輩《やから》がいたら、営業上の迷惑になるので取り締まらなければならない。資金を凍結したりすることもある。時には警察と協力して、不自然な資金の流れに目を光らせることだってあるのだ。それを逃れるための小細工が資金洗浄、すなわちマネーロンダリングである、はずだ。経営倫理の時間はあまり寝ていなかったと思う。

「想像しがたいかもしれませんが、一キログラムで数百万円、あるいは数千万円という金額で動く薬物が存在するとします。それをまっとうに買おうと思えば現金が必要ですが、高額の資金の運用は金融機関に目ざとくチェックされます。海外口座との巨額のやり取りであればなおさらです」

「不用意に大金を動かすと目をつけられるってことだな」

「ええ。その点、エメラルドに限った話ではありませんが、宝石は便利なのでしょう。違法薬物を商《あきな》う集団と繋がった宝石商は、外国人の買い手に薬ではなく宝石を売ります。プリペイドカードのようなものですね。買い手は宝石を持って本国に帰還、実際の麻薬を持っている相手を探し、宝石を渡します。すると」

取り引き成立。銀行口座を汚さずに、宝石はコカインと交換できる。

美しい石にはこんな利用価値もあるのか。

「………すげえ嫌な話だな」

「まったくです」

「迷惑にもほどがあるだろ。頼むからもっとバリバリ取り締まってくれよ……」

「バリバリ取り締まっていますよ。麻薬取り引きに対する各国の対処はとても厳しいものです。南米でもアジアでも、多くの国では麻薬取り引きに携わった時点で、問答無用で死刑になります。外国人でも関係ありません。『うっかり知らなくて』という言い訳も無意味です。それでも今回のように卑怯な手段を講じる組織は、幾らでもあるわけですが」

気分が重い。今日はせっかくこれから楽しい楽しいイベントだというのに。

「麻薬組織の奴らはさ、何でまたバレエ団なんかを巻き込んだんだろうな。よそならいいなんて言いたいわけじゃないけど、関係なさすぎるだろ」

「芸術の名の下に、国際的なやり取りをしても怪しまれないという点にのみ着目したのでしょう。宝石を宝石と偽《いつわ》らず運送可能であることは、虎の子の石の保全上の観点からも良策です。頭の切れるやり方だと思いますよ」

口先だけで褒めてはいるが、リチャードは怒っている。俺も同じだ。何故、人が、美しさを愛《め》でるものに、そんな嫌な使い道を与えてしまうんだ。谷本さんだって怒るだろう。俺だってはらわたが煮えくり返る。美しい石がかわいそうだ。

「……最後はあっけなかったな。あの時のお前、ちょっと怖かったよ」

「少しゆさぶりをかけただけですよ」

　吉田老人の報酬はあと払いだったが、もし万が一、期日までにマリエンバードにネックレスが戻らなかった時には『相応の報い』があることを覚悟せよと言われていたらしい。オカルト騒ぎのせいでジュエリーの返却が早まればありがたい程度にしか、吉田老人は思っていなかったようだったが、それだけに片浦監督が返さないと言い始めた時には狼狽《ろうばい》した。麻薬組織に殺されると思ったらしい。麻薬の実物を取り扱っていたわけではないため、罰するのは難しいかと思われたが、警察の保護を引き換えに彼が陰謀の全容を暴露したため風向きが変わった。今は拘留《こうりゅう》中だというが、何らかの実刑が下るのは確実だそうだ。

「片浦監督に、あんな芝居をするようにアドバイスしたのも、お前だろ。どこまでわかってたんだ？」

「架空の仲介業者に行きついた時、嫌な予感がしました。全て疑念の段階でしかないことをお断りした上で、彼女には私の憶測をありのままお話ししましたよ。何かあってからでは取り返しがつかない、やるだけやってみましょうと片浦さまは仰《おっしゃ》いました。『呪い』という流言を誰よりも嫌がっていたのは彼女でしょうから」

「度胸のある人だな……お前が吉田老人に言ってた……ディーイー何とか？　って何だったんだ？　あれも宝石関係の用語か」

「ＤＥＡはアメリカの麻薬取締局の略称です。彼は名前を知っていたようでしたから、相応に脅しが効いたようです」

麻薬取締局。海外ドラマか。いやしかし相手はリチャードだ。はったりにしても、素性の知れない謎の金髪の男に肩を叩かれたら、年貢の納め時を覚悟するだろう。

それにしても。

「まさかとは思うけど、お前本当に潜入捜査官……じゃないよな？」

「キャラメル」

もうないよと俺は空の箱を見せた。リチャードはフロントガラスごしに、ちらりと空き箱と、俺の顔を見たあと、また真正面に視線を移した。

「そういう人間は、もっと目立たない風貌をしているものだと思いますよ」

ほんのり寂しそうな口調だったが、言っていることはただのナルシストだ。人並み外れた美貌と鑑定眼の持ち主であることは確かだが、やっぱり普通の宝石商ということか。こいつの謎の多さの理由が、少しは明らかになるかと思ったのだけれど。

でもこいつの望まない形で暴露されるような展開より、ずっといいか。

十五分も運転しないうちに、ジャガーは上野《うえの》の駐車場についた。車を駐車場に停めて、向かうのは上野公園の近くのホールだ。既に開場しているようで、きれいな格好をした人たちが次々と入り口に吸い込まれてゆく。チケットは取り置きと言っていたから、カウンターでもらえるはずだ。

「チェック」

「え？」

　ホールのチケットカウンターの前で、リチャードは俺を促し、軽く一回転してみせた。

「仮にもドレスコードのある席です。服装、髪、ゴミ、問題ありませんか」

「どこも問題ないよ。いつも通り、世界一きれいな男が俺の目の前に立ってる」

　カウンターのお姉さんがものすごい勢いで咽《む》せ始めた。風邪だろうか。キャラメルがまだ残っていたら分けてあげられたのに。リチャードは俺の名前で受け付けし、チケットを受け取ると、背中越しに投げるように一枚俺に渡し、神速のさかさか歩きでホールの中に入っていった。よそ行きでテンションが上がったのか、それとも緊張しているのか？　谷本さんの代打のくせに態度がでかい。

「置いていくなって！　俺だって緊張してるんだぞ。こんなところに初めて来たよ」

「…………言いたいことはありますが、あとにします」

「うん。始まっちゃうしな」

　演目は『ジュエルズ』。エメラルドのダンサーは、新海亜貴。

　今日は一世一代の舞台だ。

警察の捜査は信じられないほど迅速に入った。その結果バレエ団の中に他にこの件に関与している人間がいる可能性は、非常に低いという結論が出たという。孫にすら取り引きの詳細を明かさなかった吉田老人の秘密主義は筋金入りだった。そしてもう一つ、今回の件は国際的な問題であるため、本物のDから始まる組織が介入してきた、のかもしれない。断定できないのは全てが秘密裏に行われているからだ。

相手は大規模な麻薬組織である。吉田老人からエメラルドを受け取るはずだった売人たちを逃すことはできない。そのために不審な動きは控えてくださいと、片浦バレエ団の人たちは言われたらしい。あの時ホールにいなかった人たちには、まだことの全貌すら伝えられていない。不審な動きをして相手に怪しまれないよう、いつも通りに行動せよということだ。公演を中止して払い戻しになれば、片浦監督が危惧《きぐ》していた通り、団の破産もありうる。温情処置とも言えるだろう。とはいえこの十日間のバレエ団の人々の仕事ぶりは筆舌に尽くしがたい。ただでさえ忙しい公演直前の時期に、厚生労働省の麻薬取締部だか何だかの捜査まで入ったのだから。それでも予定通りに舞台を執り行おうと奮闘する人々の姿に、俺はプロの意地と誇りを見た。

何か手伝えることはありませんかと俺も声をかけてみたが、新海さんからの返事は一言だった。

　絶対に観に来て、と。

　この公演のあとも、バレエ団が存続できる保証はないからと。

　それは吉田老人の麻薬取り引きのせいですかと俺が尋ねると、彼女は違うと言った。どこの団体でも大体同じだけどねと前置きしてから、新海さんはバレエ団の経営状況が思わしくないのだと聞かせてくれた。お客さんが減っているのだと。昔からひいきにしてくれる常連さんはだんだん歳を取ってゆくし、若い人はそもそもバレエに触れる機会がない。先のことは誰にもわからない。どの公演が最後になってもおかしくないのだと。つらい言葉だった。でも彼女の言葉に悲愴《ひそう》さはなかった。明日も明後日も頑張れるバレリーナを目指す彼女は、いつも全力で走っているのだろう。明日や明後日が、いつまでもある保証はない、だから一日一日、一つ一つの舞台を全力で。

　絶対に観に行きます、と俺は答えた。

「うわっ、広。天上高すぎだろ、びっくりするなこれ……」

「足元に気をつけて歩きなさい」

　新海さんが準備してくれたのは、五階建てのホールの一階真ん中だった。よく見えそうだ。俺は舞台鑑賞なんて高校の授業以来だけれど、二時間半くらいの演目だというので、どんなに難解でも頑張れば眠らないで最後まで観られると思う。

「……そうだ忘れてた。三回目の紛失未遂。あれもやっぱり、吉田老人の妨害で、孫が持ち出し失敗したのか？　あの時の話だけ、新海さんも俺に全然話してくれなかった」

隣席のリチャードは、少し咎《とが》めるような目で俺を見た。仮にも関係者がいそうな席で、こういう話はまずいか。ごめんと俺が手を合わせると、リチャードは違いますと言って、少し遠くを見るような顔をした。

「先ほどの取調室で、一つ不思議な話を聞きました。中毒者として検挙された孫のほうが、奇妙なことを言っているというのです」

売り払ってしまえばこっちのものとばかりに、忙殺されている吉田老人の隙をつき、吉田孫こと吉田重雄《しげお》は三たびアクセサリーの持ち出しを試みた。もちろん建物をそのまま出たのでは目立ちすぎる。近所まで足りない備品の買い出しにと言って、関係者用の裏口から抜け出そうとしたのだという。

すると。

「あと一歩で裏口を出るというところで、彼は誰かに呼び止められたそうです」

そこで何をしているのと、彼は遠くから誰かに呼ばれた。女性の声だったという。慌てて振り向くと、非常階段に続く廊下に、緑色のチュチュを着た人影がいて、五メートルほど離れた場所から見ている。ひっと叫んだ彼は、回れ右して舞台裏に戻った。

吉田孫は、その時出会ったのは新海さんだったと証言した。ネックレスを返しに戻ったのは、彼女が紛失に気づいて捜しに来たと思ったからだと。

だが。

「捜査の結果、彼の犯行時刻に緑の衣装をつけていたダンサーは、全員舞台の上にいたことがわかっています。録画撮影をしていたリハーサルだったので、間違いないことだそうです。その時の裏口付近には、誰もいなかったはずだと」

「え……？　じゃあ誰が」

いや、待て。そもそも吉田孫は、どうして緑の服だけで、バレリーナを新海さんだと思ったのだろう？

俺が尋ねると、リチャードは少し黙って、じっと舞台と俺たちとを遮《さえぎ》る幕を見ていた。徐々にホールの照明が落ちてくる。そろそろ幕が開くのだろう。

「首飾りです」

「首飾りって、エメラルドの？」

「マラカイトのです。『遠くに見えたバレリーナが、大きな緑の石の首飾りをしていたから、新海さんだと思った』と」

マラカイトのペンダント。形見になってしまったお守り。新海さんは笑っていた。これをつけてると、美奈子さんが守ってくれているような気がするのと。

「…………じゃあ」

まさか。

「この件について知らないか、外部の協力者を秘密裏にいれたのかなどと質問されましたが」

リチャードは首を横に振った。

何も言えない俺に、リチャードは何かの余韻《よいん》のようにつけ加えた。

「エメラルドは元来、幸福をもたらす石とされ古来から珍重《ちんちょう》されてきました。家族の平和、恋人との和合、深い友情、精神の涵養《かんよう》、絆を深め、愛するものを守り育んでくれる宝石です。『宝石の女王』と呼ばれるのは、インクルージョンの醸《かも》すとろみが、柔らかで女性的な印象を与えるからでしょう。幸福の守護天使、あるいは女神のようですね。どこか、生者が願う死者のありかたのようでもあります」

呆然とする俺の隣で、リチャードは最後に一言、つけ加えた。

「これもまたご縁、というものでしょうか」

ホールの照明は完全に落ちた。開演時間だ。幕が上がる。

グリーンの衣装に身を包み、若くして世を去った先輩が使っていた練習用ジュエリーをつけた新海さんが、舞台の真ん中に立っていた。宝石の女王のように。

プロットレス・バレエという用語を聞いた時、多分眠ってしまうと思った。難しそうだったからだ。鑑賞者を信用してくれる振り付けなんて言われても、ストーリーがない踊りをどう見ればいいのかわからない。自信がなかった。

でもそんな気持ちは、新海さんたちが文字通り、きれいに拭《ぬぐ》いさってくれた。

舞台の上にいる彼女たちは、人間に見えなかった。魔法の体を持つ宝石の化身のようだった。物語はない。ただ踊っている。でも俺の目の前で披露されていたのは、どんな風に動いたら人間の体が一番美しく見えるのか、どんな風に動いたら夢のような管弦楽の音がもっと夢のように聞こえるのか、振付家が頭をフル回転させて考えた美しい結晶だった。

宝石は、きれいだ。

ダンサーも、きれいだ。

そこにあるだけでいい類の美しさは、うまく言葉にならない。どんな言葉にしたら、あまさず掬《すく》い取って伝えられるのかもわからない。この踊りをつくった男が、二つを繋ぐ架け橋に言葉のない踊りを使った理由が俺にはよくわかる。

言葉にならないものは、言葉ではないもので表現してしまえばいいのだ。

エメラルドの踊りは最初の数十分で終わってしまった。火のようなルビー、雪の女王の拝謁式《はいえつしき》のような神々しいダイヤモンドと続いて、気づいたら俺は拍手の中にいた。

　ファンタジー映画なんかによくある、魔法の世界へのトリップに、二時間と少しの間、きれいな妖精さんたちに手を引かれて出て行って、いつの間にか出かける前と同じ椅子に座っていたような気持ちだった。

「やばかった。やばかったな、人間が宝石になってた」

　ホールの外で、興奮冷めやらぬ俺が、やばかったを連発すると、リチャードは苦笑いした。猛烈に美しい男がバレエの公演にいると、今度はダンサーと勘違いをされるようで、数回パンフレットにサインを求められていたが、リチャードは笑顔でお断りしていた。

「あなたはまるで、私と全く同じものを見ていたように話すのですね」

「へ？　当たり前だろ……？」

　すごかったしやばかっただろと俺が促すと、リチャードは頷いた。

「同意します。素晴らしい舞台でした。公演が無事終わったことも心から嬉しく思います。ですが恐らく、あなたが感動している舞台と、私が見た舞台とは、全く別のものだと思いますよ」

「だ、だって同じ舞台を見たのに」

「筋立てのない美しいものを見た時、人が何を感じるのかは興味深い問題です。宝石一粒に対して感じることも千差万別でしょう。あなたが覗《のぞ》きこんだのは、振付家の望む世界ではなく、あなた自身の胸の内側です」

何が言いたいのかわからない。それがさっきの踊りとどう関係しているんだ。あれは宝石の美しさを人間があらわしていた踊り――だったと思うのだけれど。

リチャードには全く別のものが見えていたということか。

「……お前、このあと暇？　何か予定あるか」

「何故です」

「たまには銀座じゃない場所で、飯でもどうかなって。話も聞きたいしさ」

リチャードには何が見えていたんだろう？

自身が宝石のように美しい宝石商は、薄暗闇の中でぼんやりと俺を見ると、何かに気づいたように笑った。俺は眉根を寄せた。何だその、変な顔は。

「何度でもご忠言申し上げますが、気遣いを発揮すべき相手を、間違えないように」

「忙しいなら別にいいよ」

「あなたのほうがお忙しいはずですよ、正義の味方さん」

意味がわからないと問う前に、リチャードは駐車場とは逆方向の、薄暗い路地に向かって歩き始めた。ええ？　どこへ何しに行くんだ。俺はどうすればいいんだ。

　まごまごしていると、俺の背後の駐車場のほうから誰かが駆けてきた。すごい勢いだ。身構える間もなく振り向くと、誰かは俺の目の前で急停止した。肩でぜいぜい息をして、膝に手をあてて。

「正義くん見つけた！」

「……谷本さん？」

「よかったあ。あのね、実習が終わったから、急いで来たの。亜貴から連絡があって、これから内輪で、お疲れパーティ？　打ち上げ？　とにかくそういうのをするって言うから、誘われたの。正義くんも来るんでしょ？　亜貴が連絡したって言ってたよ」

　俺は慌ててスマホを取り出した。上演中電源を切りっぱなしにしたままだった。俺が慌てていると、谷本さんは笑った。

「正義くん、このあと暇？　よかったら一緒に行こう。何か手伝ったんでしょ。亜貴がお礼言ってた」

　アメ横《よこ》のほうみたいだよ、と言いながら、谷本さんはスマホを覗きこんでいた。俺は苦笑いして振り返った。気を遣ってくれたつもりだったのか？

「なあリチャード、お前も一緒に……」

振り返った先には、誰もいなかった。

夕暮れ時の上野公園には、がらんとした暗闇が広がっているばかりだ。もう一度名前を呼んでみたけれど、返事はない。ふらふらと数歩踏み出すと、俺は名前を呼ばれた。

「正義くん、どうしたの？　あっちだよ」

「あっ……今行く」

谷本さんに促されるまま、俺はアメ横のほうへ歩き始めた。バレエ団の中は今も捜査が入っているのだろうから、派手な打ち上げは無理だろうけれど、おつかれさまの食事会くらいならOKなのかもしれない。新海さんにはお礼を言わなければ。今まで見たことのない世界を見てしまった。しかも谷本さんと一緒だ。大きな実習が一つ終わって、彼女は嬉しそうにはしゃいでいる。

でも、何だろうこの奇妙な感覚は。

石が一粒、抜け落ちてしまったネックレスのような。

予感でも、確信でもない、錯覚でしかないことはわかっている。でも何故だろう。いつかこんな風に、リチャードは、俺とあいつが出会った時と同じくらい突然、何の前触れもなく、いなくなってしまう気がする。

言葉にならない美しさの奥に、あいつは一体何を見たんだろう。

case. 4

巡りあうオパール

「そこでガッと一撃抉《えぐ》りこむように顎《あご》にヒットト！　ああなると平衡感覚をやられるからな、尻もちついて一発KOだったよ。あんなに清々《すがすが》しい試合なかなかないぞ。大技をきれいに決めるのは難しいんだ。見てるだけで胸が躍《おど》ったぜえ」

リチャードの店は、客のいる時といない時とで佇《たたず》まいががらりと変わる。お客さんがいる時には、機能的だがアットホームな接客の間で、いない時には自習室のような雰囲気になる。俺も喋《しゃべ》り放題だ。

麗《うるわ》しい店主に、俺は空手の試合の様子を語っていた。俺が昔通っていた空手教室は、今もあの頃と同じように夏冬一度ずつ、他の同じ流派の教室と一緒に試合を執り行っている。そういうのがあると生徒の上達に役立つのだ。師範の演武なんかも観られる一大イベントなのだが、何分子どもが多いので人手が必要になる。俺も便利屋として駆り出されたので、何試合か審判をして、今日は昼過ぎから店にやってきた。一番盛り上がったのは午前の部のトリであった双方の師範同士の殴り合いだ。

「あれはもう試合っていうか、殺し合いの雰囲気だったたな。眼福、眼福。タダ働きさせられるだけだと思ってたけど、あんな上段回し蹴りが見られたらおつりがくる！　あ……」

リチャードは黙って、ソファでロイヤルミルクティーを飲んでいる。

初めてじゃないだろうか、こんなに、俺ばっかり喋っているのは。

「……ボクシング派だっけ？　武術の話はあんまり面白くなかったな、ごめん」

「興味深く拝聴していますよ。ですがどちらかというと」

饒舌《じょうぜつ》なあなたの姿が面白かったです、と。

リチャードは濃淡のない声で言うと、俺がいれたお茶をまた一口飲んだ。本日のお茶請けは、甘さ控えめの砂糖でくるんだドーナツとやらだ。蜂蜜《はちみつ》の味がする。包み紙が可愛《かわい》くて、ノスタルジーなタッチで描かれた宇宙空間を、レトロな機関車が飛んでいる。このドーナツが星の一粒という見立てらしい。凝ったものだ。

「そんなに言われるほど、俺は無口じゃないと思うけどな……上段回し蹴りでテンションが上がったから、そのせいかな？」

「あなたの得意技、というわけではなさそうですね」

「名推理だよ。あんなのバシバシ決められたら化け物だ」

でも中学の頃の俺の先輩には、化け物めいた実力の持ち主がいた。

毎年恒例の夏の大会、俺は体が大きかったので、二つ年上の先輩と同じチームに入って教室対抗戦に臨んだ。先鋒《せんぽう》である俺の勝負は、チームの総合勝利を狙うのならば絶対に落とせない一戦だったのだが、結果は惨敗《ざんぱい》。初戦から足を引っ張る羽目になって、俺は一人で落ち込んでいた。

ところが次鋒であった先輩が、ここは落としても仕方がないとスパルタな師範ですら思っていたであろう格上相手に、華麗《かれい》な上段回し蹴りを決めてKO勝ちしたのだ。びっくりするほど鮮やかで、思いもかけない一瞬の勝利だった。下した相手に一礼すると、先輩は目と口をいっぱいに開いた俺のところにやってきて、こう言った。

「『お前の分、取り返してやったぞ』ってな！　思い出すたび震えるよ、中学生の台詞《せりふ》じゃないよな」

「美しいまま結晶化した思い出は、保存状態のいいアンティークよりも貴重ですね」

「お前にも一つや二つあるだろ。子どもの頃の楽しかった思い出がさ」

「それで？　彼とは今もいい友達ですか？」

「いや、高校は違ったし、俺も先輩も大学進学の前に教室をやめちゃったからな。あの頃は俺、携帯電話も持ってなかったし……」

今日の手伝いに顔を出すと返事をした時にも、先輩に会えるかもしれないという期待があった。教室の仲間同士、日が暮れるまでテレビゲームをした日々が懐かしい。メーリングリストで繋がっている連中も多いけれど、先輩は入っていないし、今はどうしているのだろう。元気だろうか。遠隔地に転勤とかになっていたら、ひょっとしたらもう二度と会えないかもしれない。

俺の表情の変化から何を読んだのか、リチャードは星くずのドーナツをのみ込むと、心配することはないでしょうと話しかけてきた。

「世の中には『巡りあわせ』があるものです。あなたが強く会いたいと思っていれば」

「いずれ会えるって？　まあそうなることを祈ってるよ」

「それがあなたの望むような形での巡りあわせになるかどうかは、また別の問題ですが」

「脅すなよ。それってあれか？　先輩にもう妻子がいて、俺とのことはもう『いい思い出』程度にしか思ってないとか？」

「は……？」

リチャードは徐々に表情を変化させた。眉間《みけん》に皺《しわ》を寄せ、口を塞ぐように顎に手を当て黙り込んだ。そんなに考えるようなことだろうか？　この前の高校時代の友達との再会はショックだった。確かにあいつは大学には行かなかったけれど、あんなに素早く結婚して子煩悩《ぼんのう》な父親になっているとは。もう俺のことなんか宇宙ゴミくらいにしか思っていないんじゃないだろうか。毎日一緒に顔を突き合わせてバカ話をしていたのに。友情は儚《はかな》い。

「…………失礼ですが、あなたとのこと、とはどのような意味ですか？」

「え？　そのまんまの意味だろ？」

リチャードはもう一度、俺の顔をまじまじと見た。何かに迷っているのはわかるのに、何に迷っているのかわからない。何なんだよ。にらめっこがしたいわけじゃないだろうに。

　困惑していると、リチャードは意を決した顔で口を開いた。

「このようなことを直截的《ちょくせつ》にお尋ねするのは、私の信条に反するのですが、先ほどの言葉の意味は『今まで親しかった相手が過去の姿とは激変していて、過去の友情の分悲しみのつのるような巡りあいもある』程度で正解ですか？」

「それ以外の何なんだよ」

「……別に。お茶」

　リチャードが何をそんなに困惑していたのか考えながら、俺は茶葉の入った湯を煮立てた。たとえ話がまずかったことには、鍋がぐらぐら言い始める前に気づいた。何てこった。でも今回はリチャードが確認してくれたのがありがたかった。前に一度このボタンの掛け違えが変な方向に進んでしまって、リチャードに怒られたことがある。ああいうのはもう避けたい。予防線を張ってくれたことに感謝しなければ。

　でもまあ、今回に限ってはあいつの勘違いもそう的外れではない。先輩とならら結婚できると、中一の時はけっこう真剣に思っていたわけだし。俺飯作るのがうまいんですよと冗談でも売りこんでいたら、今でも連絡くらいはしてくれただろうか。

デパートのお買い物帰りに立ち寄られたお客さまに、スピネルのネックレスを見せたあと、店を掃除して片づけてリチャードと別れて、俺はいつものように新橋《しんばし》駅に向かった。土曜日の午後六時。平日に比べると比較的空いているが、それでもスーツの人影が目立つ。若者の街という印象はない。ここは仕事をする人の街だ。

巨大な機関車の車輪が近くに展示されている、在来線の改札の前。いつもならすぐ通り抜けてしまうところにいる、灰色のスーツの相手から、俺は目が離せなくなった。

「……羽瀬《はせ》先輩？」

上段回し蹴りの、俺の永遠の憧れの。何でこんなタイミングでと思いながら、俺はひたすら先輩の姿を眺めた。あの頃と同じ刈り上げの茶髪、くたびれたロックミュージシャンのようなめりはりのある顔立ち。間違いないと思う。ただ、顔色があまり優れないように見えた。疲れているというか、一気に歳《とし》を取ったような。

声をかけていいのかどうか、わからなかった。おかしな話だ。先輩と言ってどつきに行けばいい。いつもそうだったんだから。でも、いつもって、何年前の話だ？

まごまごしていると、視線に気づいて、スーツの男は俺を見た。変な相手を牽制《けんせい》するような目つきで、確信した。間違いない、羽瀬先輩だ。何度胸を借りても一度も勝てなかった。俺が目を見開くと、先輩も気づいたようで、おーっと叫んで近寄ってきた。途端に顔が十歳くらい若返って見える。

「正義《せいぎ》！　俺だよ。羽瀬啓吾《けいご》だよ、空手の！　覚えてるか？」

「わ、忘れるはずないじゃないっすかあ」

「覚えててくれたかー！」

猛烈にほっとした。やばい。脳からアドレナリンがどくどく出ている。リチャードさまさまだ。本当にあるらしい、巡りあわせってものが。

背中をばしばし叩きあっているだけで、羽瀬先輩はものすごく嬉《うれ》しそうに笑ってくれた。今日は道場の夏試合の日で、久しぶりに顔を出して、先輩のことを考えてたんですよと俺が言うと、相変わらず調子がいいんだよと頭をぐりぐりされた。ちょっと泣きそうだ。

「お前今、大学何年？　二年か。そろそろ就活忙しい時期か？」

「いいえ、まだ全然……あれ？　先輩は大学行ったんですよね？　四年じゃないんですか？」

「家庭の事情ってやつで、去年中退して就職したよ。でもけっこう上手《うま》くやってるぞ。お前も今のうちに勉強しとけよ。今日暇か？　晩飯食わねえ？　おごるぞ」

「ご馳走《ちそう》になります！」

羽瀬先輩が連れていってくれたのは駅ビルにある高い焼肉屋だった。店員さんが割烹着《かっぽうぎ》を着ていて、テーブルの鉢の中には炭火がちらちら燃えている。

「どんどん食え。社会人の意地だ」

「先輩、ありがとうございます！」

「もう俺のこと先輩とか呼ばなくていいんだぞ」

「じゃあ、逆に何て呼べばいいんですかね？」

「羽瀬さん、とか」

「かっこいいっすね！」

「何で『さん』が格好いいんだよ、もういいよ先輩で。お前には一生先輩って呼ばれてやるよ。最近変なあだ名で呼ばれてばっかで新鮮だ」

「『破壊王』とかですか？」

「そりゃ道場時代のやつだろうが」

話したいことは山ほどあったが、先輩がどんどん肉をとるので、焼くのも食べるのも話すのも忙しくて、俺はちょくちょくむせた。この服から煙のにおいを抜くのは大変だろう。知ったことじゃない。

俺は羽瀬先輩に会えなかった間のことをこれでもかと話した。大好きだったばあちゃんが死んで、今は独り暮らしで、笠場《かさば》大学の経済学部にいること。それから宝石のことも。リチャードのことではない。ばあちゃんからもらった指輪の本当の持ち主が見つかった話羽瀬先輩には俺のばあちゃんの事情を、少しだけ話していたから。といってもせいぜい、母と祖母の仲が悪い程度のことだったけれど。

羽瀬先輩はリチャードのように面倒ごとをずばずば切って整理してくれるようなタイプではなかったけれど、決して突き放さない兄貴肌で、俺は随分《ずいぶん》助けられた。

「へえー。それじゃあ、お前がばあさんから受け継いだ指輪が、その、拾い物で？　本当の持ち主が神戸《こうべ》で生きてたってことか。すごい話もあるもんだな」

「俺もびっくりしたんです。巡りあわせ……っていうんですかね」

「よせよ、じじむさい。でももったいないなあ。そのまま持ってればひと財産だったのに」

「いや、それが受け取ってもらえなかったんですよ。相手のほうに、『あなたに持っていてほしい』って言われちゃって」

まだ持ってるのかと羽瀬先輩は目を剝《む》いた。俺は照れながら頷《うなず》いた。本当に、世の中何が起こるかわからないものだ。先輩はしばらく信じられないという顔をしていたが、網から落ちた油がジュッと音を立てると、慌てて肉を皿に避難させた。タンが焦げてしまう。

「たまげたね、大金持ちだったんだな。お前ラッキーだなあ。さすが『正義』だぜ」

「いやあそんな、照れますって」

「で、結局その指輪は、幾らくらいで売れたんだ？」

え？

何を言われているのかわからないうちに、先輩は俺にタンの皿を差しだした。二枚もらって食べたあと、指輪は売っていない、手元にあると俺は話した。ばあちゃんの思い出の品なのだ。ありがたいことに差し迫って金が必要な局面でもなかったし。

先輩はしばらく変な顔をしていたが、ああ、と頷いた。

「そうか……いや、悪い。ちょっと相談できるかと思ったんだ」

「どういうことですか？」

「宝石の話だよ。何でもねーって。食え食え」

「あ、あの！　相談、乗れると思います！　何でも聞いてください」

「何なんだよお前、調子よすぎて怖いぞ」

「これも巡りあわせですって！」

先輩は笑いながら、どこかにいい宝石店を知らないかと尋ねてきた。買うんですか売るんですかと尋ねると、少し渋い顔をしたあと、買うんだと笑った。

「結婚ですか？　おめでとうございます！」

「きくなよ、そういうことを。プライバシーの問題があるだろ」

「すみません……じゃあ、やっぱりデパートとかのほうがいいですかね」

「できれば専門店がいいんだ、目がしっかりした店員がいそうなところ」

どうしよう。ここでエトランジェを紹介したら、俺が店でアルバイトをしていると言いにくくなる。久々に会った先輩に売り込みをしたと思われるかもしれない。営利誘導だと。そんなのは嫌だ。リチャードは阿漕《あこぎ》な商売をする人間ではないし、目だって超一流だと俺は信じているけれど、このタイミングは微妙だ。

俺は銀座《ぎんざ》の宝石店を何件か紹介し――入ったことはないが、前を通るとリチャードの商売敵《がたき》だなとわくわくするので、ウィンドウショッピングはする――最後にさりげなくエトランジェの名前をまぜた。来店の可能性はそんなに高くないだろう。でも、もし来てくれたらとても嬉しい。俺もいるだろうけれど、さりげなくロイヤルミルクティーを出して、先輩を爆笑させてやるのも悪くない。もしかしたら隣に彼女さんがいるかもしれない。想像するだけでやたらと幸せな気分になってきた。

うまい肉をこれでもかと俺が食べても、先輩は嫌な顔一つせず、もっと食えよと言って、最後にはクレジットカードで支払いをしてくれた。

「先輩、ごちそうさまです。今度埋め合わせさせてください」

「気にするなって。それよりお前、土曜日はいつもこのくらいの時間に新橋駅使うか?」

「使いますけど……」

「マジかよ。じゃあ来週も一緒に飯食える？　お前と話せたら俺すげー嬉しいんだけど。社会人なんか寂しいもんだぞ、金があっても飯食う相手がいないんだ」

「俺も嬉しいです！　道場の連中誘いましょうか、暇な奴もいそうで」

「いいよ、迷惑かけたくねえし。お前がいればいいし」

「……うっす！」

羽瀬先輩の誘いを迷惑なんて思う奴はいないと思うけれど、先輩がおごりたがるのなら話は別だ。また別の機会にしよう。日が落ちて、駅前改札まで来ると蛍光灯の白さが目に痛い。このくらいの時間になると駅は混雑し始める。

「じゃ、また来週」

「はい！　また来週ここで！」

俺は深いお辞儀をして先輩を見送った。アドレスもばっちり交換した。待ち合わせ時間なんか適当に決めればいい。ビルの隙間から見える空を見上げて、俺は溜め息をついた。今日はいい日だ。本当にいい日だ。

鼻歌まじりに厨房《ちゅうぼう》でロイヤルミルクティーをいれていると、リチャードがお茶請けを取りにやってきた。相当な量がみっしり詰まっているのに、戸を開いても菓子がなだれ落ちてこないのは、ひとえに俺の収納術のおかげである。もう箱詰めパズルだ。

「期限が近いのは手前のほうに置いてあるからな。取りやすいところのから取れよ」

「わかっていますよ。それにしても、最近土曜は嬉しそうですね」

「……そうか?」

「ええ」

間違いなく、とリチャードは続けた。さすがの鑑識眼だ。別に焼肉がそこまで好きってわけじゃないけれど、羽瀬先輩とわいわいやりながら食べるのは楽しい。あの時間だけ中学生の気分に戻ってしまう。

「いやあ、まあ、巡りあわせってやつかな? 何でわかった?」

「いつにも増して顔に締まりがありません。足元に気をつけたほうがいいですよ」

はい気をつけます、と俺が気をつけをして返事をすると、チャイムが鳴った。ご来店だ。ロイヤルミルクティーを準備しておいたほうがいい。冷蔵庫から牛乳パックを取り出そうとした俺は、勢い余って収納棚に膝《ひざ》を突っ込んでしまった。ガラガラときれいなお菓子の箱がなだれ落ちてくる。まずい。ちょっと詰めすぎたか。速やかに証拠隠滅だ。

這《は》いつくばって菓子箱を拾っていると、店内にお客さまが入ってきた気配があった。

「いらっしゃいませ。店主のリチャードと申します。ご用件をお伺いいたします」

「あー……どうも。参ったな。こんなに人の少ない店だと思ってなかった」

聞き慣れた声、のように思えた。

羽瀬先輩──だろうか？　いや別人かもしれない。声のトーンが何だか暗い。

俺はできる限り高速で、ばらけた菓子の箱を戸棚に戻し始めたが、なまじみっしり詰まっていただけにただ戻すだけでは入りきらない。一時どこかに置こうにも、この狭い厨房にそんな場所はない。羽瀬先輩とおぼしき声の主は言葉を続けた。

「買い取りの相談に来たんですけど、見てもらえますか。オパールなんです」

「……当店は買い取り専門の店舗ではないのですが、構いませんか」

「見るだけ見てもらえれば」

買い取り？　買い物に来たのではないのだろうか。

おかけくださいとリチャードに促されると、客人はソファに座ったようだった。お茶を出すべきタイミングなので、リチャードが間をもたせているのはわかったが、今はそれどころじゃない。まだ足元にクッキーの箱が転がっているのだ。急げ急げ。

「こちらはファイアオパールのようにお見受けします」

「そう、そうなんですよ。実は祖母から受け継いだもので」

「はあ」

リチャードが相槌《あいづち》をうつと、お客さんは滔々《とうとう》と語り始めた。

「俺のばあちゃんはあんまり体が強くなくて、俺が高校二年の時に他界したんですが、その時俺に形見を遺してくれたんです。昔ちょっとした事情で譲り受けたものだから、できればこれを元の持ち主に返してやってほしいって、頼まれて。で、俺もいろいろあって、遠くに住んでいた持ち主を捜し当てたんですけど、今度は『お願いだからあなたに持っていてほしい』なんて言われちゃって……嬉しかったけど困りましたね。宝石のことなんか何も知らないのに」

「それは面白い出来事でございますね。立ち入った質問で恐縮ですが、その持ち主の方は一体どちらにお住まいで？」

「神戸でしたけど、いやあそれっきりですね。不思議な話でしょう」

ははは、という明るい笑い声が聞こえた。

変な感覚だった。頭の中の壁が、端から少しずつ、白いローラーで塗りつぶされてゆくような。体の芯が歪む。奇妙なめまいを感じた。祖母の形見？　お願いだから持っていてほしい？

それは俺がこの前話したことじゃないのか。

ばあちゃんのことはいろいろ複雑で、大学の友達にも話していない。先輩だったらいいかなと思ったのは、彼が誠実な人だからだ。誠実だった。間違いなく。

どうして。

リチャードはどこか他人行儀な優しい声で、左様《さよう》でございますかと言葉を受けていた。

「それほどご縁があるものでしたら、お手元で大切になさるのもよいかと思いますが」

他でもない、ばあちゃんの指輪の本来の持ち主のところに、俺を導いてくれたのはリチャードだ。客人は声をあげて笑った。

「商売人とは思えないこと言うね。いいじゃないですか。おおよそ幾らくらいですか？」

「今すぐには何とも申し上げかねます。ここは買い取り専門の店舗ではございませんので」

「信用できる目の持ち主がいるって聞いたんだけどな」

「差し支えなければ、ご紹介くださった方のお名前をお伺いしても？」

「……そこは個人情報の問題があるだろ」

「大変失礼いたしました」

心臓が、変なふうに動いている。不整脈というやつか。お茶を。お茶を出さなければならない。俺の仕事はお茶くみなんだから。お茶。手が震えて動かないし、脚も棒のようだ。どうなっているんだお茶をさっさと出すんだ何やっているんだ俺は。

二人分カップを準備した頃には、客人はオパールをしまって店を出て行ってしまった。

最後に一言、リチャードの容姿を褒めてから。

すごい美形だけど、ここは本当に宝石を売ってる店なの？　と。

最悪だ。俺が最悪だ。監視カメラを確認するまでもなく、今やってきたのは羽瀬先輩だろう。出て行っても出て行かなくても後悔するなら、きちんと出て行くべきだったのに。

遅すぎるタイミングでお茶の盆を持ってくると、リチャードはソファから立ち上がって盆を受け取ってくれた。よっぽど足元がおぼつかなく見えたのだろうか。

「…………遅くなって、申し訳ありませんでした」

「次はもう少し素早くお願いします」

わかりましたと、俺が呻《うめ》くように応《こた》えると、リチャードはそれ以上何も言わなかった。多分、いや絶対気づいているだろう。さっきの客人と俺には何かしら関係があると。神戸のことまで確かめたのだから。こいつは俺のように鈍感なタイプではない。あんな体験が俺の他にあったとも思えない。でも、こいつには商売人としての信条がある。

相手が聞かれたくないと思っていることは、聞かない。

ありがたい。本当にありがたい。ありがたすぎて死にそうだ。喉《のど》につかえたへどろが、へばりついたまま取れないような気がする。もどかしい。質問してくれれば全部ぶちまけられるのに。身勝手な話だ。こんなの俺が身軽になりたいだけじゃないか。でも何て言えばいいんだ。あれは俺の先輩で、この前俺が話した神戸の話を何故《なぜ》か自分の身の上話として語っていて、驚きのあまり手が震えてお茶がいれられなかったんだよごめんなと言えばいいのか。

どうしてこんなことを。何のために。

「…………」

もうどこにも片づけるもののない整然とした厨房で、俺はしばらく立ち尽くしていた。今日は土曜日だ。先輩に会える。わからないことは質問すればいい。もし今日も、本当に、改札口に先輩がいたのなら。

いないほうがいいなんて思っていない。

でも、いてくれたとしても、俺は何て言えばいいんだろう。

先輩はいつも通りの顔といつも通りの声をしていた。いや『いつも』って何だろう。俺が彼と日常的に接していたのはもう五年以上前の話になるのに。それから羽瀬先輩が何をしていたのか俺は知らない。今は不動産会社の営業職をしているという話はこの前の焼き肉の時に聞いた。でも何かの事情で宝石を売却しようとしているなんて話は聞かなかった。いや言わないか、わざわざそんなことは。特に事情がなくても。

宝石を買うことに特に理由がない人がいるように、売る時にも事情がない人のほうが多いだろう。タイミングの問題だ。俺のばあちゃんの話だって、多少はびっくりしたけれど、先輩の役に立ったならそれでいい。

でも何かに困っているのかもしれないのに、全然そんな素振りを見せてくれないのは、つらい。何か他にもっと、できることがあるんじゃないかと思って、焦ってしまう。

「お前、胃もたれか？　もっとカルビ食えよ、遠慮してるのか？」

「……そんなことは全然ないんですけど」

どこから何を切りだせばいいのか。

全然そんな風には見えないが、宝石を売ろうとしていたということは、多少はお金に困っていたりするのだろうか？　こんなに気前がいいのに。そういえば先輩は、昔から財布に百円しかないのに、俺にジュースを買ってくれたことがあったっけ。

「あの、俺は先輩と飯が食えるだけで、すげー嬉しいんで……今日、割り勘にしません？」

「は？」

「その、お会計の時に」

「学生が調子に乗ってんじゃねえぞ」

低い声と、氷のような眼差《まなざ》し。俺は凍りついた。これは試合の時の顔だ。破壊王と呼ばれた羽瀬先輩の一睨《にら》みだ。戦う時には別人になれと師範は俺たちに教えた。常日頃は誰より礼儀正しく、戦う時は誰より峻烈《しゅんれつ》に。生きる目的は自分で見つけなければならないが、試合の目的は勝つことなのだからと。ばあちゃんに受け売りを話したら、そりゃあいい先生についてもらったねえと微笑《ほほえ》んでくれた。以来俺はその言葉を心に刻んで生きてきた、つもりだったけれど最近はずっと忘れていた。試合をすることなんてなかったから。

今の羽瀬先輩は、どっちだ。

「……すいませんでした」

「あーあー怖がるなよ。何だよ、ちょっとふざけただけだろ！　お前に気を遣われると変な気分になるんだ。食え食え。元気に食え」

ありがとうございますと俺は頭を下げた。元気に食えば先輩が喜ぶというんなら、幾らでも元気に食べる。でも何だろうこの、牧場の牛になったような気持ちは。

その日はあまり、会話がはずまなかった。先輩は何度も話題を変えたが、俺が乗ってこないのに呆《あき》れて、そのうち最近よく呼ばれるという変なあだ名を教えてくれた。『うさぎ』だという。誰がそんな風に呼ぶんですかと笑いながら尋ねると、ちょっと戸惑ってから、職場の人と答えた。そこでまた会話は途切れた。

ほんの一瞬、猛烈にくたびれた顔が覗《のぞ》いたのは、錯覚だろうか。多分違う。でもすぐに消えてしまって、追いかけられなかった。

　会計の時、羽瀬先輩は相変わらずクレジットカードで会計をした。現金を持ち歩かないのは家計簿をつけるのが面倒だからと、この前笑いながら話していたっけ。本当ですかと尋ねない理由を、リチャードならば信条ですと言うだろう。俺にはただ勇気がないだけだ。

「先輩、今……何か困ってることとか、ありますか」

「はあ？　困ってること？」

「い、いやあ」

　自分がどんな顔をしているのかよくわからないまま、どうにか顔で笑っていると、羽瀬先輩は少し表情を和《やわ》らげた。何だか泣きたくなってしまうほど優しい顔だった。

「相変わらず『正義の味方』やってんだな」

「相変わらずって何ですか？」

「中学の時と全然変わってねえってことだよ。あ、一つあるぞ、困ってること」

「何でも言ってください！」

「お前、『かいのし』って知ってる？」

「……………は？　かいの？」

「『かいのし』。謎の言葉でさ。困ってることっていうか、わからないことだな」

検索しても出てこないし、と先輩は笑った。いつもの顔だ。裏表のない、ちょっと喧嘩《けんか》っ早いところのある、羽瀬先輩の顔だ。

すみませんわかりませんと俺が首を横に振ると、先輩は俺の頭に手をやって、犬にするみたいにぐしゃぐしゃ撫《な》でた。駅まで歩くと改札に消えていく。

結局何も話せなかった。

山手線《やまのて》に乗ってからすぐ、この前の試合で久々に顔を会わせた道場の面々に、俺は片っ端から個別にメールを投げた。羽瀬先輩が最近何をしているか知ってますかと。メーリングリストで質問するようなことじゃない。先輩後輩問わず十五人に連絡して、返事があったのは三人だけだった。二人は『知らないけど心配してる』と送ってきた。三人目は羽瀬先輩と同い年の上村《うえむら》先輩で、半年ほど前に東京の居酒屋で一緒に飲んだらしい。何かの事情で中退というのは本当らしく、先輩は就職に苦労したそうだ。愚痴《ぐち》を聞かされたという。

不動産業者に就職したのに、宅建のはずが介護をやらされている、とか。

管理職なんかやったことがないのに、社員が現場に俺一人だけなんだ、とか。

ブラック企業に入っちゃったかもしれない、とか。

それからは音沙汰《おとさた》がないから大丈夫なんだと思ってる、と結んで、もう遅いから寝ると上村先輩は引っ込んでしまった。

半年前。不動産会社に入ったのに介護職？　意味がわからない。それはコンプライアンス的にどうなんだ。それから転職して、今は本当の不動産会社で営業マンをしているってことなんだろうか。

ブラック企業、をキーワードにしていろいろ検索しているうち、俺は胃が痛くなってきた。

やたらと事例が多い。多すぎる。何なんだこれは。掲示板の書き込みは無数にあるし、会社のせいで鬱《うつ》になったと訴える人の記録も、現在進行形でブラック企業に勤めている人の『生存』記録もある。それは、あるのは知っていたけれど、知ってはいたけれど、これはもう、あらゆる職種にブラック企業があるとしか思えない量の記録だ。

ひどい会社に勤めたのなら、辞めてしまえばいい。いやもちろん収入の問題は切実だろうから、すぐには辞められなくても、転職活動はできないのか。労基《ろうき》は何をしてるんだ。と思うのは俺だけではないらしく、ブラック企業で働く人のブログには『さっさと辞めればいいのに』という書き込みが乱舞していた。その下には『転職活動する時間がとれるならまだましな会社』『毎日コマみたいに酷使《こくし》されるともう寝ることしかできない』という返信がついている。出口のない迷路だ。すりつぶされるのを待つしかないのか。

俺はスマホを置いてシャワーを浴びた。考えすぎないほうがいい。俺はいつも突っ走って周りに迷惑をかける。先輩の事情は先輩にしかわからない。それに毎週土曜日、後輩に夕食をおごれる勤め先はブラック企業だろうか？　自由に使える時間がある証拠だ。オパールの件だってもしかしたら家族に頼まれたとか、何か面倒な事情があるのかもしれない。半年前の飲み会の話は、来週焼肉屋で、軽い感じでちょっと質問してみよう。とっくに転職したよと呆れ顔で笑ってくれるかもしれない。それから。

「……かいのし」

あの謎の言葉。

検索してもないと言っていた。風呂から上がった俺は、再びスマホを手に取って、ぽちぽち検索を再開した。かいのし。これはどこから出てきた言葉だろう？　謎かけみたいなものだろうか？　かいのし。歴史用語だったりしたらお手上げだ。でも――もしかしたら。

俺は数分迷って、迷った勢いで筋トレをして、まだ迷いが解けなかったので再びスマホを手に取った。メールをうちこむ。相手はリチャード。仕事と関係のない連絡をするのは初めてだ。しかも深夜に。

『かいのし、って知ってるか？』

怒られませんように。外国人とは思えないほど日本語に堪能で、文化風物にも詳しいあの金髪の男が、謎の言葉の意味を知っていますように。

動画を見ながらもだもだしているうち、俺は眠りに落ちてしまった。土曜日は疲れるような日ではないのに、今日は胃袋と気分が重苦しい。朝とも呼べない深夜の四時に、変な夢にうなされて目が覚めてしまった。

水を飲むついでに起き上がって、覗きこんだ端末には、返信が一つ入っていた。

リチャード。

『誤送信?』

こいつ。半分は予想通りの返信だ。でも時刻が気になる。十五分前だ。こんな時間までこいつは一体何をしているんだろう。肌荒れという言葉におよそ無縁のあの顔からして、夜更かしが趣味とは思えない。まだ起きているだろうか。

一瞬、電話していいかどうか迷って、俺は慌てて考え直した。失礼にも程がある。仮にもバイト先の上司だ。青い猫型ロボットじゃない。

『間違えました。すみません』

返信したら、何だか安心して、俺は二度寝した。三時間後起床した時、今日は日曜日なのだから、店で直接会えることを思い出した。

リチャードの店はまったり経営なので、玉突きのようにお客さんが連続してやってくることは稀《まれ》も稀だが、一人のお客さんが何時間も粘ることはよくある。来店者が自分の好きなように楽しめる店を目指しているのかもしれない。

本日のお客さまは主婦の米原《よねはら》さんで、これで三度目のご来店になる。俺をいたく気に入ってくれて、よく宝石の感想を聞かれた。ジュエリーをデザインするのが趣味らしい。

今日の彼女のお目当ては、オパールだった。

「どう中田《なかた》くん？　右からブラックオパール、ホワイトオパール、ファイアオパールよ」

「……こんなにいろいろあるんですね」

黒い布の上で輝いているのは、奇《く》しくも俺が今一番気になっている石だった。羽瀬先輩がこの店に売りに来た石だ。

どれも全部『オパール』というが、ブラックオパールは緑がかった黒い石だし、ホワイトオパールはヨーグルトキャンディのような優しい白で、ファイアオパールに至っては焚《た》き火《び》のように鮮やかな朱色だ。同じ宝石に思えない。共通点は丸っこいカボションカットであることと、石の中の不思議な色味だ。くしゅくしゅした光の帯が入っている。見る角度によっては赤が強かったり、緑が強かったり。まるで石の中に小さな虹《にじ》があるようだ。

「あの……石の中の、キラキラしてるものは何なんですか？」

「うふふ。リチャードさん、教えてあげてよ」

「……結晶と非晶質の違いはわかりますか、正義？」

「難しいのはカットの方向で頼む！」

米原さんは面白そうに笑った。彼女も別に、リチャードや谷本さんのように石に詳しいわけじゃない。ただ美しい宝石をつけて遊ぶのが好きなのだろう。今日彼女が襟《えり》につけているのは、前回の来店時にお買い上げになった青いトルマリンのブローチだ。同じ色の靴とシャツを合せていて、いかにもお洒落《しゃれ》上級者のマダムという雰囲気である。リチャードは軽く咳《せき》払いしてからレクチャーを始めた。

「石の中にキラキラ輝く物質が入っているわけではありませんよ。それでは見る角度によって、見える色が異なる理由が説明できません。これは石そのものの性質の問題です。オパールは大変珍しいタイプの宝石です。石の中身が、ダイヤモンドやサファイアなど、結晶の宝石のように均一ではなく、シリコン、つまり珪素《けいそ》と水が混じりあって固まっただけなのです。それが『非晶質』ということですよ。ざっと五百万年ほどプレスされた状態でしたので、そう簡単にはバラバラになりませんが、粒と粒の結合があまり強くないため、硬度も六と低いものです」

「それがキラキラ光るのとどう関係してるんだ？」

「この現象はプレイ・オブ・カラー、『色の遊び』を直訳して日本語では『遊色《ゆうしょく》』と呼ばれています。中の粒子にあたった光が乱反射して、いろいろな色に見えるのです。とりどりの色の光を反射しますが、粒子がどれだけきれいに並んでいるか、どれだけ大きいかによって、現れる色は変わります。緑色にしか輝かないオパールもありますし、レアな赤色のファイアが見えるオパールもあります」

「ファイア？」

オパールの『キラキラ』のことをそう呼ぶのだとリチャードは補足してくれた。米原さんは俺の一言を期待している。うーむ、何と答えたものか。

「……とりあえず、めっちゃ化学の話だってことはわかった」

米原さんはまた楽しそうに笑った。この人は俺がとんちんかんなことをリチャードに言うのを見るのが好きらしい。わざと変なことを言っているわけじゃないんだぞと、俺はリチャードを怨《うら》めしい目で見た。

「中田くんは、まじめだけど面白い子よね。ねえリチャードさん、そういう専門的なお話って、あまり日本語の教科書には書いていないでしょう？　どうやって勉強なさったの？小さい頃に日本でお暮らしになったことはないんでしょ？」

「……私の石の師匠が日本語に堪能でした。語学と同時に石のことを叩きこまれましたので、私の中でこの二つは不可分です」

初耳だ。師匠がいるのか。日本人、だとは思うが油断はできない。日本語堪能なイギリス人、フランス人、あるいはよその国の人かもしれない。そうなの、と米原さんは微笑んで、それ以上は何も尋ねなかった。彼女はこういう引き際の判断がとても上手だ。

「ねえ中田くん、あなただったらどの石にする？　ペンダントトップが欲しいのよ」

「どれも映《は》えそうですよ？　どんな服と合わせるかで決めるとか……」

「服なんか石に合わせて買えばいいじゃない」

こういうお客さまは、珍しくない。好きなことを好きなだけできる、有閑《ゆうかん》的なお金持ち。人生を楽しんでいる感じがして俺は好きだ。でも羽瀬先輩のことを頭のどこかでいつも考えているような時には、少し複雑な気分になる。やめよう。考えても無駄だ。

「ファイアオパールはどうですか？　緑のホログラムが散ってるみたいできれいですよ」

「いいチョイスかもね。ファイアオパールは、ブラックに比べれば高価な石じゃないんだけど、昔からとても好きなのよね」

そう言うと、米原さんは白い指の上に赤いオパールを載せて、見てと俺を促した。石を載せた手を、左右に動かすと、光の箔《はく》がゆらゆら揺れる。生き物のようだ。

「素敵じゃない？　こうして見ると天の川みたいだけど、別の角度から見ると、今度は火が燃えてるみたいでしょ。雄大だわ」

「米原さんって……詩人みたいですね」

「やあね、お上手。好きな作家の受け売りよ」

ファイアオパール。先輩の持ってきた石。どんな石だったのか俺は見ていない。この石と、先輩の石、どっちのほうがいいオパールなのだろう。

リチャードはただ黙って、楽しそうに石と戯《たわむ》れるお客さまを眺めるばかりだった。

米原さんはオパールを幾つか指定したあと、今度あなたが家に来た時に、夫も入れてお金の相談をしましょうねとリチャードに微笑んだ。宝石商はかしこまりましたとお辞儀し、上客を送り出した。

扉が閉まると、リチャードはふうと溜め息をついた。

「お疲れさまでした。そういえば正義、あなたのメールの」

「悪いちょっと休憩くれ、すまん」

実はけっこう我慢していた。リチャードの呆《あき》れた声を聞きながら、俺は米原さんとリチャードが飲んでいたお茶のカップを厨房の流しに下げ、洗面所に駆け込んだ。さすがにお客さまがいる時にトイレを使うのは憚《はばか》られるけれど、今後これ以上の長丁場があったら危うい。さりげなく消えてまた戻ってくる作戦にしよう。

用を足し、応接間と厨房を繋ぐ短い通路の間にあるトイレ扉から、そっと顔を出すと、驚いたことにもう別の客人の気配があった。早い。石を片づける時間はあっただろうか。

「だからもう一回見てくれって頼んでるんだ。何とか値段をつけてほしいんだけど」

「おおよその金額については申し上げた通りです。それ以上の価格は厳しいかと」

「あれは買い叩きすぎだろ、温情と思ってさ」

声で誰だかわかる。羽瀬先輩だ。でも、焼肉屋の時とはまるで違うトーンだ。

何なんだこの、下から目線で丸のみの機会を窺《うかが》う蛇のような声は。リチャードの声も困惑しつつ、警戒している。

「前回も申し上げましたが、当店は買い取り店ではなく、基本的にはお客さまに宝石をご紹介する場所です。ご希望に沿えないこともございます」

「ここは観光客向けの店なのか？　日本人だからって舐めてる？　困るよー。こっちも真剣に来てるんだし」

「お客さまの国籍で内面を判断するようなことは決してないとお約束いたします」

「…………静かな店だけどさ、ここってあんたしかいないの？」

もう後悔するのしないのと躊躇《ためら》っている暇はない。出て行かなければ。意を決した時、店のチャイムが鳴って、俺はまた出ばなをくじかれてしまった。こんなに立て続けの訪問なんて珍しすぎる。どこかにリチャードの店の広告でも出ているんだろうか。でも今までの経験からして、こういう時にはあまりいいことがない。

　一瞬漂った不穏な空気を払うように、リチャードは店の入り口を開けたようだった。途端に飛び込んできたのは女性の声だ。

「こんにちは！　私、畠敏子《はたとしこ》と言います。そちらにいらっしゃるのは羽瀬啓吾さんでお間違いないでしょうか」

　俺がおずおずと顔を出すと、羽瀬先輩の後ろ頭が見えた。リチャードも先輩も、突然やってきた女性に呆気《あっけ》にとられている。五十路《いそじ》手前くらいだろうか。何となく桃太郎《ももたろう》を思わせる、むちむちした健康的な顔立ちをしている。後ろには眼鏡をかけた同世代の男の人が、気まずそうに立っていた。どちらもスーツ姿だ。

「……そうですけど」

　先輩は俺に気づかなかった。畠敏子さんは目を大きく見開くと、先輩に近寄って手を摑《つか》んだ。黒い宝石箱を持っている、ごつごつした手を。

「泥棒！　追いかけてきて正解だったわ。この泥棒」

「待ってください あんた誰ですか、何の話です。俺は確かに羽瀬ですけど」

「旧姓は菅野《すがの》です。菅野ヒサの姪《めい》って言えば、どういうことだかわかりますか？　ケアハウスのマネージャーさん。後ろにいるのは私の夫ですけど、法曹《ほうそう》界の人間ですからそのつもりでお話しなさってくださいね。すみません、お店の方にはご迷惑をおかけしますけれど、事件なんです。この人私の伯母から宝石を盗んだんです」

「違います！」

羽瀬先輩は畠さんの手を振り払うように体をねじり、店を出ようとしたが、俺と目が合うと硬直した。

「……正義？　お前何してんの」

アルバイトです、という掠《かす》れた声は、先輩に聞き取ってもらえただろうか。

今度は旦那さんのほうにそっと手を摑まれた羽瀬先輩は、なすすべもなく赤いソファに腰を下ろした。

「畠さまと仰《おっしゃ》いましたか、リチャードは腕組みをしている。

「畠さまと仰いましたか、ここは私の店なのですが」

「すぐに終わりますから。この人、あなたのお客さんなんですよね？」

リチャードは諦めたように嘆息し、俺にお茶と促した。もう俺がここにいることは先輩にばれている。厨房でもだもだする必要はない。でも今の俺は頭が真っ白になりかけている。逃げたい。今すぐここから。ろくに何も考えられないのに、リチャードにお茶と促されると、俺の手はロイヤルミルクティーを四人分準備した。当然のように誰も飲まない。

畠さんは先輩の前に、勇《いさ》んで赤い宝石を突きつけた。

「最初に確認しますけど、このオパールは私の伯母、菅野ヒサのものですよね」

「………ヒサさんに、いただいたんです」

「見え透いた嘘《うそ》をつかないで！　ああごめんなさいね。一つずつ確認しましょ。でもここはお店ですからね。早めに切り上げないとご迷惑よ」

畠さんは鞄の中に羽瀬先輩のことが書かれた書類を持っていて、本人の前で事実関係を一つずつ確認していった。勤務先は都内のデイケア施設。他の職員はパートだが、先輩だけは親会社からの出向なので社員扱いだという。そこに通っているのが、菅野ヒサさん――私の伯母よと畠さんは鼻息荒く言った。

「施設を訪問させていただきましたけど、あなたは伯母と随分仲がいいんですってね」

「いえ……特定の利用者の方とだけ、スタッフが親しくなるようなことは、業務規程上」

「白々しいのよ。知ってるのよ、あなたが伯母と特別に仲良しだってことは。この前施設の裏のクリーニング店でボヤ騒ぎがあったんですって？　施設にいた人たちが避難する時、脚の不自由な伯母をおんぶして移動してくださったんですってねえ。ものがよくわからない伯母は、そんなことされたんじゃ、大事な命の恩人と思い込んでも不思議じゃないわ」

「……あの時、ヒサさんは本当に怖がって暴れて、俺が傍《そば》にいたら落ち着いてくださって」

「御託《ごたく》はいいのよ。死んだ夫に似てるって喜んでたって話も、複数人に聞き取って裏をとってありますよ。まったく、昔は怖いくらい気難しい人だったのに、ああなっちゃうともうどうしようもないんだから」

高齢者向けデイケア施設の副施設長として働いている羽瀬先輩は、菅野ヒサさんと懇意だったという。施設の話が出る度、先輩は痛々しい顔をして、俺のほうから少しでも顔を背けようとした。ヒサさんは階段で転んだことがきっかけで車椅子の生活をしているそうだ。老老介護をしていた旦那さんが他界してからは認知症を患《わずら》っているが、今は軽度で済んでいるので、デイケア施設で受け入れているらしい。どちらかといえば気難しい性格の人で、人見知りもするのに、羽瀬先輩のことだけは何故か『うさぎさん』と呼び、可愛がっていると。

「本当に、腹が立つったらないわよ。そういう人から高価な品を『ゆずってもらう』ことがどういうことなのか、わからないはずがないでしょう。仮にも介護施設で働いてるのに、あなたにはモラルとか倫理ってものがないわけ」

「本当にいただいたものなんです。何度もお断りしたんですが、いつも施設にこれを持っていらっしゃるから、危ないし、お預かりするつもりで」

「お預かりするつもりでどうして銀座の宝石店に石を持ちこむのよ？　すみませんそちらの方、今までの日本語全部おわかりですよね？　この人はどうしてここに来たんですか？

宝石のお話をするため？　それともお店に個人的な友達がいて、会いに来てるだけとか？」

先輩は一瞬、睨むような目で俺を見た。助け船を出そうとすれば出せるかもしれない。

俺の脳裏をよぎったのは、ばあちゃんの言葉だった。

悪いことをしたらいけない。むくいがあるから。

どっちだ。どっちが悪いことだ。わからない。俺が迷っているうち、リチャードがかわりに答えてしまった。

「こちらのお客さまは、下取りのご相談のためにご来店なさいました」

ほら見ろと言わんばかりに畠さんは先輩を睨んだ。俺はただ、壁際で立っていただけだ。

「ありがとうございます。本当は確認しなくてもわかってたんですけどね。あなた都内の他の買い取り専門店もはしごしてますよね。先週の土曜日、主人と一緒にあなたのあとをつけたんです。一度だけなら気の迷いかもしれないと思いましたけど、今週も同じことするんだもの。呆れたわ」

「……本当にヒサさんの親戚の方なんですか？　彼女は年金生活で……独居の方ですよね。ご実家は岩手で、旦那さんを亡くしてからは、本当にひとりぼっちになってしまったって話していて……デイケアの利用料がそろそろ払えないかもしれないって仰るので……もし宝石がお金になれば、少しは助けになるかと……」

「人を疑えるような立場だと思ってるの？　恩着せがましい。伯母はもうずっと前から独り暮らしだし、同居を申し込んだらお断りだなんて言ったのよ。私の家だって今は彼女と一緒に暮らすような余裕はないし、わかるでしょ。事情ってものがあるのよ。伯母があなたに石を売ってくれって言ったの？　じゃあ信託書はあるの」

「いえ、そういうことじゃなくて……」

ならば泥棒と同じよと畠さんは吐き捨てるように言った。

俺は何か言おうと一歩近づいたが、リチャードにきつく睨まれてたたらを踏んだ。何も言うなということか。どうして。お前は何も知らないくせに。ああ、でも。

今この場では、それは俺も、同じか。

何も知らなかった。仕事のことも。ヒサさんのことも。先輩は何も俺に言ってくれなかった。どうして相談してくれなかったんだろう。俺はそんなに頼りなく見えたんだろうか。

「自分のことを可愛がってくれる九十歳のおばあちゃんに、よくこんな仕打ちができたもんだわ。きりがないから、残りの話は出るところに出てからにしましょう」

畠さんは立ち上がった。駄目だ耐えきれない。俺は二人の間に割り込んだ。

「ちょっと待ってください、一方的すぎます。先輩の話も聞いてください」

「先輩？　あなたの知り合いなの？　嫌だわ、組織犯罪なの？　店もぐる？」

「こいつは関係ないでしょう！　偶然ここにいただけです。正義は黙ってろ」

「本当に、勘弁してほしいわ。よってたかって年よりを食い物にして」

「この……！」

先輩の瞳に怒りの炎が宿った。駄目だ。殴ったら全部終わってしまう。どうにかしなければ。でもどうしたら。

一秒が永遠のように感じられた時、緊迫した空気を言葉が砕いた。

かいのひ、と。

「……は？」

「『かいのひ』という言葉を、畠さまはご存じですか」

リチャードは赤いソファに腰掛けたまま、悠然《ゆうぜん》と俺たちを見ていた。修羅場《しゅらば》も何も関係ないと言わんばかりの、いつも通り冷静沈着な瞳で。

「ごめんなさい、わからないわ。日本語が大変だったら英語でも大丈夫ですよ」

「ご配慮をいただき恐悦至極ですが、日本の言葉でお話しさせていただきます。では、そちらの方は？」

先輩は呆然《ぼうぜん》と首を横に振った。リチャードはではと顎に手を当てた。

「『かいのし』なら、いかがですか」

俺がメールした、あの？

どうして今。先輩のことなんか言わなかったのに。

それならわかると先輩は頷いた。

「ヒサさんが、俺にこの宝石を下さった時……そう言ったんです。かいのし、これはかいのし、って。でも意味がわからなくて」

「ハ行とサ行の発音はよく似ているものですが、お聞き間違いや、発音の混同があった可能性は？」

「あんたたち何の話をしてるのよ。時間稼ぎ？」

お願いですもうちょっとだけ聞いてくださいと、俺は祈るような思いで畠さんを見た。何かが解けかかっている。リチャードはこの石の中に何を見つけたんだ。

リチャードの姿を見つめながら、羽瀬先輩は呻いていた。

「……あります。多分、あります……ヒサさんは歯茎の病気で、入れ歯がはめられなくて、時々言葉がうまく言えないんです。そうだ、自分の名前もヒサじゃなくて『シサ』って」

「いい加減にしてよ！　そんなの関係ないでしょ」

「左様ですか。わかりました」

では私の予想通りだと思いますと、畠さんの声は無視してリチャードは告げた。俺たち四人は宝石商の姿に釘付けになった。何がわかったと言うんだ。

「断片的にお話を伺っただけですが、ヒサさまは岩手県のご出身でいらっしゃるとのことですし、間違いないかと。畠さま、ヒサさまはお若い頃、鉱物や童話のようなものがお好きだったのでは？」

「ええ？　そりゃ……そうよ、童話は好きだったんじゃないの？　若い頃の伯母は、子ども向けの絵本の挿画の仕事をしてたんだから。石のことは知らないけど」

「宮沢賢治《みやざわけんじ》はいかがでしょう？　特別な思い入れが？」

「あります、あります。ヒサさんは『やまなし』と『銀河鉄道の夜』の絵本が好きで」

「あんたには質問してないでしょ、黙ってなさいよ。手短にお願いできます？」

金髪碧眼《へきがん》の宝石商は軽く一礼し、岩手県出身の児童文学作家の略歴を語った。俺は知らなかったが、宮沢賢治はとても石が好きだったらしい。作品の中には鉱物マニアならそれとわかる実在の石が数多く登場するという。紫水晶、藍銅鉱《らんどうこう》、他にもいろいろ。

「『貝の火』もまた、彼の作品の一つのタイトルでございます。題名はファイアオパールを示す、賢治の造語でございますね。煌《きら》めく炎と虹色の輝きを宿した石を、彼は貝の火と表現しています。これは動物たちの物語でして、登場人物は人語を解する鳥や哺乳類《ほにゅうるい》です」

「それとこの状況とどう関係があるのかいい加減教えてもらえませんか」

「では簡潔に。作中で、うさぎに命を助けられたひばりが、お礼に与える石が、『貝の火』なのでございます」

羽瀬先輩の体から、力みが消えた。

俺はぎゅっと握りしめていた拳《こぶし》を開いた。畠さんも呆れたように目を見開いている。

「は……？　うさぎにあげる……？」

ヒサさんは羽瀬先輩のことを、うさぎさんと呼んで可愛がっていたという。焼肉屋で初めて話を聞いた時、こんなガタイのいい男のどこがうさぎなんだろうと、俺は呑気《のんき》に考えていた。でも今の話を聞いたあとなら、理屈はわかる。

助けてもらったお礼の石。

俺ははっとして畠さんのほうを見た。ややあってから、彼女はぐうっと眉根を寄せた。

「……じゃあ、何？　伯母は大真面目で、この子に石をあげたってこと……？」

「私からはどうとも申し上げかねます。軽度の認知症とのことでしたが、ヒサさまがどの程度、現実を認識していらっしゃるのか、もう一度確認してからのほうが、何かと間違いが少なくて済むのではと」

リチャードが慇懃《いんぎん》に一礼すると、畠さんは黙り込んだ。ずっと黙していた旦那さんが、なあ、と気まずそうに口を開いた。

「いい加減この店を出ないか。ご迷惑にも程があるよ」

旦那さんの言葉に、畠さんは赤くなった。先輩は泣きそうな顔で席を立ち、畠さんの横に立つと、頭を下げた。空手の試合のあとみたいに深く。

「こんなことになるなんて思わなかったんです。本当に申し訳ありませんでした」

「……やめてよ。私が悪いことしたみたいじゃない。振り回されてるのはこっちなのに」

「泥棒じゃないってわかっていただけるなら、石はすぐにでもヒサさんにお返しします」

「何にせよ会社に話は通しますからね。出ましょう、ほら立って」

肯《うなず》いて、羽瀬先輩はテーブルの上の宝石箱を取り上げた。白いクッションの中の赤い石。初めて見る。米原さんが眺めていた石より一回り小さくて、あまり遊色がない。でも大切にされてきたのだろう。箱はとても古そうだ。

声をかけるなら今しかない。

「あの、先輩……」

「この前俺がここに来た時も、お前はこの店にいたのか？」

振り向いた先輩は、覆いかぶさるように上から俺を見た。低い声だった。

咄嗟《とっさ》に答えられなかったが、羽瀬先輩は俺の表情から、正しいところを悟ったようだった。土気色の顔に、先輩は自嘲《じちょう》的な笑みを浮かべた。

それだけ言い残して、先輩は畠さんたちと店を出て行った。

「最悪だ」

新橋駅に限った話ではないが、夜の東京には独特の雰囲気がある。昼の間はどっちを向いても人が溢《あふ》れているのに、夜になると途端に廃墟一歩手前の建物群にしか見えなくなるのだ。夜遅くまで大学の図書館でレポートと格闘していた時にも、似たようなことを思った。今日はあの時より少し遅い。もう夜の十時だ。

約束の時間は特に決めていない。先週ここで、じゃあまた来週と挨拶して別れたからここにいるだけだ。忠犬ハチ公みたいなことをしたいわけじゃない。でも帰れない。

足が地面に縫いつけられてしまったように、動けない。

することがないので、スマホで宮沢賢治と検索したら、著作権フリーの文学作品を読めるウェブサイトが出てきて、気になっていた『貝の火』をまるごと読むことができた。川で溺《おぼ》れていたひばりを助けたお礼に、若いうさぎは貝の火と呼ばれる美しい石をもらう。でも条件があって、その石は扱い方を間違えると輝かなくなってしまうのだ。はじめはいつ石が光らなくなるかと、うさぎはおびえていたが、いろいろな選択の間違いを繰り返しても相変わらず石は美しい。何をやっても大丈夫だと思い始めたうさぎは、見苦しく増長し、ある日突然、天罰のように石は輝かなくなってしまう。うさぎも目が見えなくなる。それで終わりの話だった。

仏法説話の要素がある、という説明が添えてあったけれど、どういう説話なんだ。どうすれば救われる話なんだ。いっそのこと、こんな石を受け取らなければよかったのか。いや断れない雰囲気だった。ひばりの王さまのおつかいで、渡せなければ切腹しなければならないと使者はうさぎに迫っていた。

じゃあ、いっそひばりを見殺しにすればよかったのか？

そんなはずはない。駄目だ、頭が働かない。

変な偶然が少しずつ重なり合って、誰も想像していなかった結末を迎えてしまった話なんだと俺は思うことにした。よくある話だ。一生に一度、いや何度もそういうことはある。シチュエーションコメディみたいに。運が悪かったねと笑うしかないことが。デイケアの施設で羽瀬先輩が働いていなければ。ヒサさんに気に入られなければ。彼女が宝石を持っていなければ。先輩が受け取らなければ。

結局のところ、何もかも巡りあわせでしかないのか。

このまま朝まで新橋駅コースかなと、寝不足の頭でぼんやり思っていると、改札口のほうにスーツの姿が見えた。帰ってゆくサラリーマンたちと反対方向のホームから下りてきたのは、羽瀬先輩だ。絶対来ないとは思っていなかった。でも来るという確信もなかった。何でもないような顔で近づいてくると、羽瀬先輩は笑った。

「お前、本当に待ってたな。びびったわ」

「先輩、大丈夫ですか……？」

「大丈夫じゃねえよ。さっき会社から電話があって、俺は休職扱いになるってさ」

あーあと両腕を上げて、夜空を仰ぐと、羽瀬先輩は酔っ払いのような足取りで、巨大な機関車の車輪に近づいていった。手すりに背中からもたれ、また空を見る。

「うちの会社はさあ、大体このコースなんだよ。不動産業がメインなんだけどな、新入社員の何人かが子会社の介護のほうに回されて、そいつらが辞めたいって言い出したら、自己都合により休職ってことになるんだ。そのあとはお決まりの『自己都合による退職』だ。そうすると鬱とかになっても会社が労災認定しなくていいらしいぞ、職務中じゃなくて休職中に発症ってことになるから」

お前経済学部でそういうの習ったか？　と先輩は俺を見た。変な顔だ。責められているような気がした。何を？　ここで待っていたことをか？　そんな馬鹿な。先輩だって来てくれたのに。

「……先輩は、営業じゃなかったんですね」

「そこからか。最初の三カ月くらいはそうだったんだけどな」

先輩の口調はどこか、他人事のようだった。

「まあでも、少しはましだったんだよ。土曜の午後が毎週休みなんて、営業やってる時にはありえなかったからな。昼まではデイケア勤務なんだけどよ、笑えるぜ。別にスーツで出勤しなくてもいい仕事なのに、俺の扱いは介護職員じゃなくて『営業社員』だから、『営業先』の介護施設に行く時にはスーツ着用なんだってよ。バカみてえだろ。施設長だっているにはいるけど、来ねえし、来ても何もしねえし」

「……俺、何か力になれませんか。労基に行くとか、学部の教授に相談するとか。力になれるかどうかはわかりませんけど、何もしないよりは」

「やっぱりお前は『正義の味方』だな」

先輩はにやにやしていた。

気のせいではないのかもしれない。さっきから俺にぶつけられている、この変な顔の奥にあるのは、ひょっとしたら、ひょっとしなくても、憎しみか？　何で？　呆然としていると、先輩はそのままの顔で言葉を続けた。

「昔から正しいことしか言わないし、しないんだ。見上げたもんだよ。お前はさ、みんながそういう風にいられると思うか？　どんな状況でも、正しいこと、正しいことって、道を間違わずに」

「……意味がわからないです。先輩はヒサさんのお金を増やしてあげようと思って」

「本気でそんなこと思ってたわけねえだろ。親父が倒れて妹はまだ学生なんだよ。少しでも家計の足しにしてやろうとしただけだ。なあ正義、お前が中一か小六か、そのくらいの時、一度だけ同じ試合に出たことがあったの覚えてるか？　ちょうど今くらいの時期だったよな。お前が先鋒、俺が次鋒」

覚えているに決まっている。忘れられるはずがないのにそんなことを聞かないでほしいと言うと、先輩は口をねじまげて笑った。

「あの時が俺の人生で一番、楽しい時だったんだな。そういうのあらかじめ誰かが教えておいてくれりゃいいのに。お前すごい顔してたぞ、俺が『お前の分、取り返してやったぞ』って言ったら、目ぇキラキラさせてさ、犬かってくらい嬉しそうに」

先輩は笑っていた。声と口の形だけは、どこまでも嬉しそうに。先輩の目を、俺は直視できなかった。暗い淵《ふち》を覗きこんでしまうようで、覗きこんだら落ちてしまいそうで、怖かった。

「だからさあ正義、お前に飯をおごるの、俺めちゃくちゃ楽しかったんだぞ。毎週一度だけ、あの頃の俺に戻れた。お前の中では、俺は相変わらず『格好いい憧れの先輩』のままだって丸わかりだったしな。起きたまま夢を見てるみたいだったよ」

　俺はこの人に、何を言えばいいんだろう。先輩のために何ができるんだろう。わからない。リチャードがいたらいいのに。こういう時に何を言ってはいけないのか、俺には全然わからない。自分がしたいことはわかっているのに。

「……先輩、俺、力になれませんか。力になりたいんです。俺にできることなら何でも」

「一緒に遊んでくれてありがとな」

　先輩は手すりから体を起こすと、まっすぐに俺を見た。そしてにっこり笑って。

「でももうお前の顔は見たくねえわ。すげーつらい」

　それだけ言い残すと、地下鉄乗り換え口に続く階段を、先輩は一度も振り向かずに下っていった。


　顎のあたりに、一撃喰《く》らったような気がする。三半規管がぐらぐらしているのだ。心臓も俺のものじゃないみたいにどくどく言っている。どうしたらいいのかわからないので、元来た道を引き返した。ネオンの少ない銀座の街は夜になるとぬけがらになる。タクシーは通っている。でも決して止まらない。観光客もいない。デパートは静まり返っている。夜の風景の真ん中に、時計塔がぼんやり浮かび上がっていた。

「…………………」

何か言いたい。手が拳になったまま開いてくれない。誰かに何か言いたいのに。

どうしたらいいのかわからないまま歩いていると、現実感のないふわふわしたサイレンが、背後から追いかけてきた。立てつづけに二回。クラクションだ。聞いたことがある。

ダークグリーンのジャガーが、ゆっくりと俺の隣に滑り込んできた。運転席にはスーツの男が座っていた。ゆっくりと窓が開く。

俺は本当に夢を見ているんだろうか。

「つかぬことをその一をお伺いしますが、このあと、暇ですか？」

リチャード。

意味がわからない。終業は五時だ。あれから俺は自分が何をしていたのかあまり覚えていない。ただ店の掃除をしたことと、ガスの元栓を閉めたことは覚えているから、最後まで勤めはしたんだろう。リチャードに最後に頭を下げただろうか。もう五時間は経っている。

「お前……ここで何してるんだよ」

「暇なのでドライブを。あなたは？」

「……何時間待ってたんだ？」

「待つのがあなただけの専売特許とでも？」

胸の奥で何かが壊れた。俺は慌てて奥歯を嚙《か》み締めた。泣きたいんだと気づいたのはそのあとだ。意味がわからない。何故泣くんだ。殴られたわけじゃないのに。

助手席に回り込んで扉を開け、低いシートに腰を落ち着けると、リチャードはシートベルトをと言った。流れ作業のようにベルトをすると、車は夜の街を滑り始めた。もうしばらく東京駅のほうに走ると少しずつ明かりが増えてくる。

ひたすら歯を食いしばっている俺を見ると、リチャードは小さく笑った。こっちは笑えるような心境じゃないっていうのに。

「お前……助手席にいるやつが、取り乱しても怒らない……か？」

「見苦しいのは嫌いです」

「……やっぱ降りたほうが」

「戯言《たわごと》を。こんな時間に一人で降ろせるはずがないでしょう」

「じゃあ何で乗せるんだよ！　見苦しさの塊みたいな顔してたぞ俺は！」

「歌うのは可とします。何か流しますか」

言うなり、リチャードはカーステレオをかけた。音がどかどか耳に押し寄せてくるようなメタルだ。一言も理解できない。ぐいっとツマミをひねって音量最大にすると、負けない爆音で俺に歌えと怒鳴った。

「無茶ぶりにも！　ほどがあるだろ！　この甘味大王！　何語だよ！」

「フィンランド語です。歌えないなら叫ぶのも可とします」

「めちゃくちゃだ、馬鹿野郎……」

仕方がないので俺は空手教室で教わった二十訓を唱えることにした。暗唱できるものなんてこのくらいしかない。一つ、空手は礼に始まり礼に終わることを忘れるな。まず自己を知れ而《しか》して他を知れ。力の強弱、体の伸縮、技の緩急を忘れるな。こんなもの。唱えたってどうにもならないのに。

「俺は……俺は正義の味方なんかじゃない！　薄情者って言われるのが怖いだけだ！　大好きな相手に、何もできない奴だってがっかりされるのが怖いだけなんだよ！『すげーつらい』はこっちの台詞だ馬鹿野郎！　俺は正しくなんかない！」

ステレオではえんえんとメタル歌手が怒鳴っていた。もうどうでもいい。肩で息をしていると、リチャードは前を向いたままもう一度ステレオのツマミをひねった。ロッカーのデスボイスが急に控えめになる。

「あなたは間違っていない」

「……え？」

「正しくあろうとする人間は、孤独です。誰しもが同じ道を歩けるわけではありませんし、まぶしすぎるものは時々疎《うと》ましくなります。空疎な理想論と後ろ指を指されることもあるでしょう。それでもあなたは間違っていない。あなたの正しさの根底にあるのは、己の道を押し通そうとする頑迷さではなく、暗闇の中でも他者に優しくあろうとする気高さだからです。私はそういうありかたを尊いと思います。心から。時には羨《うらや》ましくなるほどに」

リチャードの、言葉。

変だ。胸の奥が無暗に熱くて、どうにもならなくて、口を押さえても駄目で、これは。もう無理だ。我慢の限界だ。

「……頼む、もう一回音楽かけて。何でもいいから」

「ティッシュはダッシュボードの中です」

とどめの一撃だった。リチャードは再び謎の曲を爆音でかけてくれた。俺が泣きながらティッシュに鼻を突っ込んでいる間、車は夜の東京をぐるぐる走っていた。ジャガーは夜に溶け込んだように街を走る。無数のヘッドライトとテールライトが、窓の外を遊ぶように流れる。滲《にじ》むとまるで光の海だ。泣いているのか叫んでいるのかわからない声が喉の奥から出て行っても、歌が全部ごまかしてくれた。四曲ほど聴いたあたりで、俺は何とか落ち着いた。掠れそうになる声を、笑ってごまかす。

「……やばいな。メロドラマの定番すぎるだろ。ヒロインが夜道で泣いてるとスポーツカーのイケメンが颯爽《さっそう》と迎えに来てさ、主題歌が流れてくるんだ。カメラ回ってないか」

「夜間診療の眼科へ行きますか。あなたの、どこが、ヒロインだと?」

「冗談冗談。でも滅多にないぞ、こんなこと。慣用句ができるな。『泣きっ面にスポーツカー』。滅多にないことのたとえ……ごめん。あんまり面白くないな」

「『絡まれた夜道で正義の味方』の類語ですね」

ほどよくおどけた、ほどよく優しい声だった。下手にごまかさなくても、もう少し泣いていても構わないと言われたような気がした。

きれいだとか美しいとか、傍《そば》で話を聞いていた相手に勘違いされるようなことは言うなとこいつには言われた。でもそれは周りに誰かがいるからだろう。ここは車の中だ。後部座席に透明人間はいない。

「自分でも何言ってるんだって思うから十秒で忘れろよ。お前と会えてよかった。代々木《よよぎ》の酔っ払いに菓子折りでも贈りたいくらいだ。本当によかった………ありがとう」

カーステレオは便利だ。液晶ディスプレイに表示される秒数で、何秒過ぎたか目でわかる。十秒きっちり数えたあと、俺は溜め息をついた。窓の外をオレンジ色の光が過ぎてゆく。

「で、本当に、どこに行くんだよ。お前の実家？」

「夕食を軽めに済ませてしまったので、お腹《なか》が減りました」

何か食べたいものは？　とリチャードは尋ねてくれた。俺が黙り込んでいると、何でもいいですよとつけ加えた。この優しい男は慰安モードに入っているわけか。了解だ。

「回ってない寿司が食いたい」

「遠慮という言葉をご存じですか？」

「何でもいいって言ったじゃないかよ」

「ではケーキと寿司のおいしい店に行きましょう」

「ケーキ？　俺は興味ないけど」

「私はあります」

「……変な店になりそうじゃないか？　俺は寿司だけうまければ」

「では仕方がないのでケーキだけおいしい店にしましょう」

「ケーキと寿司のおいしい店でいいです大賛成です！」

「双方が意見の一致を見るのは喜ばしいことですね」

深夜十一時近くに開いている、ケーキと寿司の食べられる店なんて、カラオケボックスかファミレスくらいしか俺には思い浮かばなかったけれど、リチャードは全く別の選択肢を用意してくれた。都心の巨大なホテルだ。高層階の寿司屋は深夜まで営業しているそうで、板前さんはタイ人の家族連れと流暢《りゅうちょう》な英語で喋っていた。カウンターで一時間がっつりと食べ、日付が変わる頃に一階まで下りてゆくと、眠れない人が集《つど》っている広いバーカウンターがあった。軽食が食べられるらしい。バーテンダー風の服を着たおじさんは、お連れさまといらっしゃるのは初めてですねとリチャードに微笑みかけていた。常連であるようだ。注文しなくてもきっちりロイヤルミルクティーが運ばれてきたし。

「……それ、うまい？」

「非常に」

「トロのあとに食べるモンブランってどうかと思うけどな」

「他人の政治理念、趣味嗜好《しこう》、食生活をとやかく言うものではありません」

リチャードは当然のように甘いものを追加注文していた。見上げると吹き抜けの天井にシャンデリアが輝いている。名前からして外資のホテルだろう。この建物の中には夜がないような気がする。壁にあるオレンジ色の間接照明は、夕暮れ時のような温かさで室内を照らしている。伝票は怖くて見られないが、とても感じのいいところだ。谷本さんを連れてきてあげたら喜ぶだろうか。先輩は。

先輩は、どこに誘っても、もう駄目だろうか。

俺がリチャードには見えないように、そっぽを向いて歯を食いしばると、突然背中にばしんという衝撃がきた。リチャードだ。珍しい。こんな俺みたいなツッコミは初めてだ。

「な、何だよ?」

「いいことを教えてあげましょう。誰かと一緒に遊んでいる時、他の誰かのことを考えて一人で落ち込むのは失礼です。礼儀正しく今を楽しみなさい。思い出など、わざわざ反芻《はんすう》しなくても、腐るほどフラッシュバックします」

そう言うと、リチャードはまた一口お茶を飲んだ。

俺はこいつの歳を知らない。家族を知らない。でも、どこでいつ生まれてどんなふうに育ってきたにせよ、こいつは間違いなくとても優しい男だ。『他者に優しくあろうとする』なんて、俺じゃなくてこいつにこそあてはまる言葉だろう。だからもしこいつが、俺のそういうところが羨ましいなんて何割かでも本気で思っているのなら。

こいつは間違いなく、優しすぎて苦労してきた人間だと思う。

「……あのさ、どうしても、どうしても、どうっしても今このシチュエーションでしかお前に頼めないことを、一つ頼みたいんだ。いいかな」

「内容によります」

「できればOKしてほしい」

「ですから、内容に、よります」

「…………人助けだと思ってくれ」

リチャードは眉間に不穏な皺を刻んでいたが、俺が頼むと頭を下げると、溜め息を吐き、ホテルの天井をぐるりと見回してから、返事をしてくれた。

「いいですよ。言ってみなさい。何ですか」

顔立ちは厳しい。でも声が笑っている。ありがたい。俺は顔を上げた。

「ここの支払い、割り勘にさせてくれ」

水を足そうとしてくれたマスターは、俺の真剣な顔を見ると、見て見ぬふりをしてカウンターの反対側へ歩いていった。何かの修羅場だと思われたのかもしれない。リチャードはきょとんとしたあと、軽く首を振ってから、相好《そうごう》を崩した。

「お好きなように」

「助かるよ」

「最初からそのつもりでしたが」

お前がそんなタイプじゃないことくらい知ってるよ、と言ってやりたかったが、やめた。言い返す気力もない。今日は誰かのおごりで飲み食いしたくなかった。

分割会計はできなかったので、助手席でリチャードに飲食費を渡したあと、俺は高田馬《たかだのば》場《ば》の駅前まで送ってもらった。もう空の端が白み始めている。お気をつけてとだけ言って、リチャードは風のように去ってしまった。

今回のことで一つ、わかった。どうしようもないことだ。俺は誰に自分のありかたをけなされようが、褒められようが、何も言われまいが、結局自分のやりたいようにすることしかできないと思う。そうしないと俺がとても苦しいから、という身勝手な理由で。

俺は先輩の役に立ちたかった。もっと何かしたかった。つらい時に支えになれるような奴でありたかった。もっと前から連絡を取ろうとすればよかった。

無神経だと言われるかもしれないし、余計なお世話だと言われて落ち込むかもしれない。でもそういう時にはばあちゃんの言葉を思い出す。私は正義を誇りに思うよと。それでも駄目な時には、今日のリチャードの言葉を思い出そうと思う。あなたのありかたは尊いと。何かの勘違いでベタ褒めしてくれたのだとしても、言っちゃったことは言っちゃったこととして許してもらおう。

俺はとても、嬉しかったから。

「…………よし……」

来週の土曜には、ちょっとしたものを持ってバイトに臨もう。五時間待っていてくれたことに報いる方法があるとは思えないけれど、多少なりとも受けた恩は返すのが俺の仁義だ。確かにあの時あいつは言った。掠れがちで完全には聞き取れなかったけれど。
牛乳寒天《かんてん》よりはプリンだと。

extra case.

ユークレースの奇縁

石の第一印象は『懐かしい』だった。カラーリングに見覚えがある。

「ブルーハワイだ。これ、ブルーハワイの色だ……」

「カクテルですか?」

「かき氷だよ。夏祭りの露店とかに出てる青シロップのやつ。見たことないか? 出店の定番だよ」

砕いた氷の上に、舌に色がつくような甘いシロップをかけただけなのだが、子どもの頃は無性にあの青が高級に見えた。

俺が厨房《ちゅうぼう》で持参してきたプリンを準備している間に、リチャードは奥の部屋から小さなケースを持ってきた。ガラスのローテーブルの上にちんまりとした箱が一つ。透明の蓋《ふた》ごしに宝石の姿が見えた。ルースの状態だ。カラーリングはブルーハワイ。気のせいでなければ色に濃淡があって、紡錘《ぼうすい》形の両端の部分は濃い青なのに、真ん中あたりは水晶のようにクリアな色だ。とても小さい。箱に小さな白いラベルが貼ってあって、リチャードの字でアルファベットの名前が書かれている。エウクラーセ——いや、ユークレース、だろうか。

「アルバイトさん、よろしければ型から中身を抜いていただけますか。皿の上に載せるまでがカスタードプリンです」

「了解でーす」

灰色の型に入ったプリンの側面に、俺は小さなナイフを刺しこんだ。きれいに抜けますように。リチャードは赤いソファに座っている。

レシピらしいレシピもないくらい簡単なプリンは、母のひろみから教わった『あんたの離乳食』で、実家にいた頃は俺かひろみどちらかが体を壊した時のおみまい食だった。独り暮らしの今は、何となく口さみしくなった時と卵の特売日がかぶった時のお楽しみだ。

すぽんと音がして、プリンはめでたく皿に抜けた。カラメルもきちんとくっついている。ロイヤルミルクティーのカップの傍《かたわ》らに、スプーンを添えた皿を置くと、俺は渾身《こんしん》のドヤ顔をしてみせた。リチャードは全く気にしてくれなかった。プリンだけを見つめている。

「…………驚きました。きめが細かい」

「一度は濾《こ》してるからな。ぼそぼそのプリンって嫌だろ」

「店頭で販売している物であれば、そう期待しますが」

「驚いたなあ。お前もこういうの作るのか」

リチャードはようやく俺を見た。青い瞳を見開いている。

「……何故《なぜ》そう思うのです」

「あのな、普通の人間はプリンに『きめが細かい』なんて言わないよ。どう作っても、コンビニで売ってるような、つるんとしたやつができると思ってるんだ。自分で作るまでは」

美貌《びぼう》の宝石商は沈黙していた。食事時にはテーブルにある銀色の鈴を鳴らして、お手伝いさんがしずしずと麗《うるわ》しい陶器の皿を持ってくるのを待っているのが似合いそうな男である。

それがどうしてまた、プリンを。

俺が解説を待っていると、リチャードは鈍い表情をして、とつとつと語り始めた。貴族の御曹司《おんぞうし》が家に降りかかった災難を語るような悲愴《ひそう》な顔で。

「…………日本で生活している時には全く考えないことですが、どこを探してもプリンもゼリーもシュークリームも売っていない地域で、長期間生活することになったとします。各種岩石、鉱物、砂糖、産みたての卵と狭いキッチンは手に入るものとします。あなたならどうしますか」

「そりゃあ、気合い入れて食べたいものを作るさ」

「私もそうしました」

結果はどうだったんだ？　と俺がリチャードの顔を覗《のぞ》きこむと、宝石商は能面のような顔をしたまま、俺の視線を避けるように窓のほうを見た。俺が首をかしげて更に顔を追うと、スイッチを切りかえたように脚を組んだ。

「さてこちらの宝石ですが、正義《せいぎ》、あなたにはこの石の名前がわかりますか？」

「お前の初プリンはどうなったんだ？」

「名前はユークレース、ご存じでしたか？　微妙な色味の違いがございますね。バイカラーが特徴的な石は他にもいろいろありますが、こちらのユークレースの色合いは、初夏の季節にぴったりです」

「お前のプリンはどうなったんだよ」

「鉱物標本として愛《め》でるコレクターも多い石ですが、このようにファセットカットになったものは非常にレアです。何故か？　硬度に乏しいからではなく、劈開《へきかい》性が高い、つまり特定の方向に割れやすい性質であるためです。不用意に削ると粉々になります」

「答えてくれないなら別にいいけどお前のプリンは玉砕したって解釈するからな」

「宝石店にはおよそ相応《ふさわ》しくない大時代的語句による憶測をどうも」

「……そんなにひどかったのか？」

白い顔にはほのかに朱が走り、青い瞳がわなないている。こういう顔をさせても絵になる男だ。ぼうっとしている俺から目を逸《そ》らすと、リチャードはソファの上で軽く顔を覆った。

「私には語学の才があり、あなたには料理の才がある、それだけのことです」

「お前の語学と俺の料理を一緒にするのはどう考えてもおかしいだろ。こっちは趣味だよ」

「私も半分は趣味のようなものです。好きでなければ習得しません」

実益を兼ねた趣味というやつか。それにしたって、何カ国語も流暢《りゅうちょう》に話せるようになるまでには鍛錬があったに違いない。うまいものが食べたいから作るというお手軽クッキングとは大分ノリが違うだろう。

とはいえリチャードはプリンを食べ始めてしまった。食事中に話しかけるとこいつは怒る。この話はおしまいという意味だろう。俺は改めて、さわやかな青の宝石を見つめた。

「ユークレースだっけ？　いい色だな。こんなに小さいなら、俺でも買える価格帯か？」

俺が視線を移しても、店主は反応しなかった。どうしたんだろう、固まっている。

「リチャード？」

何かに迷うように、宝石と俺との間で視線をさまよわせたリチャードは、開き直ったように小さく咳《せき》払いし、俺に向き直った。

「……確認させていただきたいのですが、こちらはあなたがどこかで買ってきたものではないのですね」

「当たり前だろ。何なんだよ？」

リチャードはしばらく、鈍い電気ショックに耐えるような顔をしていた。唇を噛《か》み締めて、唸《うな》りたそうな顔でプリンを見ている。この反応は何度か見覚えがある。ちょっと小刻みに揺れたりする。宝石商喜びの表情だ。

おいしいのか。そんなに。

「……エクセレント……」

「よっしゃあ！」

嬉《うれ》しいからもっと褒めていいぞと俺が調子に乗ると、リチャードは無言で目を逸らした。

知っている。こいつはおいしいものを食べた時には、一人の世界に浸りたがるのだ。無言の『とてもおいしい』リアクションに、俺のテンションは上がりに上がった。世界中の甘味を制覇《せいは》していそうな男だが、案外こういう素朴な路線も好きなのか。

「……余計なおせっかいであることは百も承知ですが、こういったポイントをあなたのガールフレンド候補にアピールしてみては？　日本では料理上手な男性が若い女性に人気だと小耳に挟みました」

「あのなあ、料理上手っていうのはレシピなしでフランス料理を作っちまうようなやつとか、和風懐石に素材の産地までこだわるようなやつを言うんだよ。それからアピールとか恥ずかしいこと言うな大きなお世話だ」

リチャードはしばらく考え込むような顔をしてから、フランス料理と和風懐石ねえとぼやいていた。別に具体的な人物像のあてがあるわけじゃない。ただ、こう、女性が憧れる料理上手な男というのは、特売の肉で節約レシピを作る男ではない気がする。少なくとも俺ではない。小学校のバレンタインの時期、小遣いの許す範囲で全力を尽くした手作りチョコレートケーキを作っていったら、女子には何だか不思議な顔をされ、男子には引かれた。フィリングから頑張って作ったのに。でもばあちゃんは「正義はお店屋さんが開けるよ」と大喜びしてくれたっけ。昔から褒め上手だった。

眉根のあたりをむずむずさせたあと、リチャードは諦めたように嘆息した。

「左様《さよう》でございましたか。浅学ゆえの妄言、大変失礼いたしました」

「オーバーだなあ。そんなに間違ってはないと思うけどさ」

「このような時にもユークレースは、大変有用な石であると言われています」

「本当に何を喋《しゃべ》らせても宝石に着地するな……」

曰《いわ》く、ユークレースは洞察力を培ってくれる叡智《えいち》の石なのだという。他にも自分の才能を高めてくれたり、冷静な判断力を養ってくれたり。なるほどクールになれる石のようだ。小さな氷砂糖みたいな涼やかな外見から、そういうことが連想されたのだろうか。

「ユークレースという名前の語源はギリシアにさかのぼります。意味はそのまま『割れやすい』。硬度は七・五と、オパールに比べれば硬いのですが、先ほども申し上げた通り割れやすい石です。研磨していない状態で流通しているユークレースのほうがまだ多いのは、そういう理由もあります」

研磨していない状態？　俺が首をかしげると、リチャードはささっとスマホで横文字を入力して画像検索をした。当然のようにウェブサイトは英文字だ。流れてきたのは、流氷のような白と青の石の画像だった。谷本さんが見せてくれる鉱物標本によく似ている。削られていない状態だ。エメラルドグリーンがかったものや、淡いイエローのものもある。

「きれいだなあ。アクセサリーにしたら流行りそうなのに」

「もう少し頑丈なら、そうなったでしょうね。そもそも普通のカッターはユークレースを削りたがりません。相当腕に自信のある職人を見つくろう必要があります。その点この職人の腕前はエクセレント。文句なしです」

俺は再び、涼やかな色の宝石に目を落とした。マーキスカットと呼ばれる紡錘形の石は、うっかり床に落としたらわからなくなってしまいそうな小ささだ。いやさっきの話からしてそんなことをしたらこの脆《もろ》い石は割れてしまうのか。

そんなものをこれだけ、たくさんの面をいれて、美しく磨きぬく。

手間暇の結晶だ。熟練の職人技だ。そして元が取れなければ、わざわざそんな危険なことはしないだろう。

「俺さっき、これ、買えるかもって言ったけど……実はそんなに安くないな？」

「ご明察です。仕入れるのに苦労しました」

「この大きさで、十万円くらい？」

リチャードは指を四本、立てて見せた。四万円？

「あなたの想定価格の、四倍です。あなたが思っている以上にこの石はレアですので」

畏《おそ》れ入った。近づきたくない。何かの間違いでうっかり触ってしまう距離にいたくない。割れやすくて高い宝石なんて、俺が宝石商だったら、そもそも扱うのを控えると思う。もっと硬い石にする。人気の石ってわけじゃなし。俺は名前すら知らなかった。

「もう売る相手が決まってる石なんだな？」

「ええ。この前お越しになった、関西のご夫婦のお客さまを覚えていますか？　ファセットカットのユークレースを探してほしいというご依頼でした」

もちろん覚えている。話しかけなくてもぽんぽん言葉が飛び出してくる元気なご夫婦で、ダイヤモンドやルビーよりも、レアストーン、つまり珍しい石が好きなんだと話していた。もちろん石によって価格は千差万別だと今までの経験でわかっているが、そういう『珍しい石』は、『珍しいダイヤ』や『珍しいルビー』なんかほど、高いわけではなさそうだった。資産運用の役に立つわけでもない。

ただ、美しいのだ。

こんな石が地球上にあったのかという、清新な驚きと喜びをくれる。

このユークレースのように。

「……何で見せてくれたんだ?」

「何で、とは?　別段あなたは、石を無下に扱ったりしないでしょう」

「それはそうだけど」

別に珍しい石を仕入れたからって、リチャードは俺に見て見てとアピールしてくるタイプではない。この不思議な宝石商が「見ておいたほうがいい」と判断したような時は、別として。何故だ?

俺がじーっと整った顔を見つめていると、リチャードはつんと澄ましてテーブルに向き直った。ロイヤルミルクティーを一口、ゆっくりと飲む。

「今現在の私の手元にある石では、これが最も珍しく、美しい石であるように思います。それだけですよ。他に何か、気になる石はおありですか?」

ひょっとして——こいつなりのお礼のつもりなのか。プリンの。

だとしたら何というめんどくさい奴だ。俺は最初から、夜中にジャガーで拾って激励してくれたことへのお礼のつもりだったのに、そこに更にお礼を重ねるんじゃない。エンドレスになってしまう。

「……あんまり気を遣うなよ。バイトの上司と部下だろ」

「私の台詞《せりふ》です。腹立たしいほどおいしい。食べるほどに腹が立つ」

何だか二人して『美しい日本の文化』みたいなことしている。玄関先でかわるがわるお辞儀して、いつまでも家に上がれない。遠慮や謙譲というのは、ある種の防壁だと思う。ここから先へは入ってくるなよという牽制《けんせい》の、一番穏当な形だ。多少寂しい感じはあるが、温かい気持ちは伝わる。喜んでくれているのだ。

「……何にしても、よかったよ。こういうもの作ってきても、引くやつばっかじゃないってわかったし」

「ひく？　どういう意味ですか」

俺はごくごく手短に、小学校時代のビタースイートな思い出を語った。子どもが手作り菓子を送りあうというところから、リチャードには若干衝撃だったようで、それはもう少し年上の人々のイベントかと思っていましたとぼそぼそ呟《つぶや》いた。日本文化には日本人以上に詳しいと思っていたのに、意外なことを知らないものだ。

今はどうか知らないけれど、十年前は今よりも『普通に料理する男』というキャラがレアだったんだと思う、そのせいかな、と俺は話を締めくくった。リチャードはお茶のカップを無音でソーサーに戻した。

「……まあ、無料で宝石をもらうようなことがあれば、恐縮するか不審に思うかという気持ちは、わからないでもありませんが」

「お前いちいち褒めすぎだって」

「そうは思いません。ユークレースはどのような色であっても珍しい石として扱われますが、中でも最も稀少価値が高いのが、この石のようにバイカラー、二つの色がはっきりと見て取れるものです。珍しさとは、はっきりとした価値なのですよ。得難いものです。空手と料理の得意なアルバイトほどではないかもしれませんが」

　俺が赤面すると、リチャードは猛然とプリンをやっつけにかかった。一さじずつ丁寧に食べるが、早い。早い。冷蔵庫にあと三つあるとはいえプリンを食う機械のような速度だ。

「ごちそうさまでした。大変おいしくいただきました」

「おそまつさまでございました。あ……あー……」

　何です？　と眉を上げたリチャードに、俺は今度こそドヤ顔で微笑《ほほえ》んでみせた。

「……今一瞬、ちょっといい感じの夫婦っぽかったな？」

　その瞬間、ざあっと店内の温度が下がった。間違いない。これは地雷を踏んだ。

「減給」

「なし！　今のなしなし！」

「店主に対するハラスメントのかどで減給を」

「申し訳ございませんでした。もののたとえだって。二度と言わない。絶対言わないよ。天地がひっくり返っても言わないから！」

「以後気をつけるように」

俺が平身低頭して謝罪すると、リチャードは鼻を鳴らして俺を睨《にら》んだ。

「大方そのうっかり者の性格は、十年前から変わっていないのでしょうね。料理の腕前には文句がなくても、粗忽《そこつ》な性格に難があったのではありませんか？」

「……いや、そこまでじゃないと思うんだけどな。とにかく悪かったって」

「セルフイメージというのは、多かれ少なかれ他者からのイメージとは食い違うものです。多少のズレは構わないでしょうが、限度があります。今後の円滑な社会生活のためにも、その絶望的な迂闊《うかつ》さの、ほどよい矯正《きょうせい》をお勧めしますよ」

「牛乳寒天《かんてん》も実は作ってきたんだけど持って帰ったほうがいいかな」

沈黙。

リチャードはしばらく硬直していた。俺のことをうっかりと言うこいつは、確かに眉目《びもく》秀麗《しゅうれい》なしっかり者かもしれないが、それでも誰にでも弱点はある。俺はそれを知っている。

「…………何故早く言わない」

「何故って、俺ってうっかり者だからさ、お前が実は迷惑だと思ってたら、何も言わずに持って帰ろうと思ってたんだよ。心配しなくていいぞ。責任をもって持って帰るから」

「…………食べたくないとは言っていない」

「気にするなよ。どうせ粗忽で迂闊な俺の作ったお菓子なんだし、練乳と間違えてホワイトソースが入ってるかもしれないしな。昨日味見した時にはかなりうまかったけど。さてと、ロイヤルミルクティーの作り置きをするかな」

「人が自分をどのように見るかという現象には多かれ少なかれ『期待』という色眼鏡が付きまといます。己のイメージなどというものを一つの固定的なものととらえる人間にはこのユークレースが必要でしょう。複数の色を持つ透明感のある美しさは、我々に皮相な価値観にとらわれない視点のありかたを強く訴えかけてきます。人間の美点は欠点と表裏一体、脆いからこそ注意深く育《はぐく》んでゆかなければならないのです」

　真面目くさった顔で頷《うなず》くリチャードを眺めながら、俺は必死で噴き出さないよう腹を押さえていた。とはいえまた『減給』と言われたらたまったものではない。このあたりが落としどころだろう。

「了解。皿に盛ったら今食べるか？」

「よろしければ」

麗しく会釈するリチャードに、俺もうやうやしくお辞儀した。

「いやあ、俺、料理ができる男でよかったってこんなに思ったこと今までなかったよ。ありがとうリチャード、お前いいやつだな」

「どういたしまして正義。あなたの底なしの謙虚さには敵《かな》いませんよ」

地を這《は》うようなトーンの応酬のあと、俺は笑いをかみ殺しながら冷蔵庫から牛乳寒天の容れ物を出した。いい感じの柔らかさだ。だが残念なことに、ガラスの器に盛りつけ終わったところでお客さまがお越しになった。いらっしゃいませという店主の挨拶《あいさつ》に、耳慣れた自己紹介の文言《もんごん》が続く。初来店の方らしい。

器にラップフィルムをかけて冷蔵庫に戻し、俺はお茶の準備を始めた。デザートは接客が終わり次第、リチャードに出してやろう。一仕事のあとには甘いものがぴったりだ。

参考文献

『世界の天然無処理宝石図鑑』（２００５）柏書店「無処理宝石図鑑」編集室（柏書店松原）

『世界のレアーストーン図鑑』（２００８）亀山実（柏書店松原）

『検索入門　鉱物・岩石』（１９９６）豊 遥秋・青木正博（保育社）

『銀河鉄道の夜』（１９６９）宮沢賢治（角川書店）

※この作品はフィクションです。実在の人物・団体・事件などにはいっさい関係ありません。

集英社オレンジ文庫をお買い上げいただき、ありがとうございます。
ご意見・ご感想をお待ちしております。

●あて先
〒101-8050　東京都千代田区一ツ橋2-5-10
集英社オレンジ文庫編集部 気付
辻村七子先生

宝石商リチャード氏の謎鑑定

エメラルドは踊る

集英社
オレンジ文庫

2016年5月25日　第1刷発行
2019年8月13日　第10刷発行

著　者　辻村七子
発行者　北畠輝幸
発行所　株式会社集英社
〒101-8050東京都千代田区一ツ橋2-5-10
電話【編集部】03-3230-6352
【読者係】03-3230-6080
【販売部】03-3230-6393（書店専用）
印刷所　図書印刷株式会社

※定価はカバーに表示してあります

ISBN 978-4-08-680081-5 C0193